Zoner

Du même auteur

Récits

Martin cet été, Julliard, 1994 (prix Paul Vaillant-Couturier)
Autoportrait sous les arbres, Flohic, 2001
Ghetto, Seuil, 2010
Plonger, Gallimard, 2011
Caro carissimo (Puccini), Gallimard, 2012

Poésie

Italiques deux, Seghers, 1992
Entre-temps, Flammarion, 1997
Échoir, Flammarion, 1999
Été, Flammarion, 2005 (prix Apollinaire)
Été II, Flammarion, 2010
Etc, Flammarion, 2016
Et, Flammarion, 2020

Romans

L'Arbre de vies, François Bourin éditeur, 1992 (prix Goncourt du premier roman)
Le Pardon aux oiseaux, Seuil, 1998
Kinopanorama, Panama, 2005
Yankee, Panama, 2008 (prix Louis-Guilloux)
Ghetto, Seuil, 2009
Dernières nouvelles du martin-pêcheur, Flammarion, 2014 (prix Louis Nucera, prix Jouvenel de l'Académie française, Grand prix de littérature sportive)
Vladimir Vladimirovitch, Flammarion, 2015
À tombeau ouvert, Stock, 2016 (prix Antoine-Blondin)
Un autre Eden, Seuil, 2019

(suite en fin d'ouvrage)

Bernard Chambaz

Zoner

récit

Flammarion

ISBN : 978-2-0815-1770-7

« On a bien fait de décider la suppression de la zone. Quand même, j'irai la revoir. »

Léon-Paul Fargue

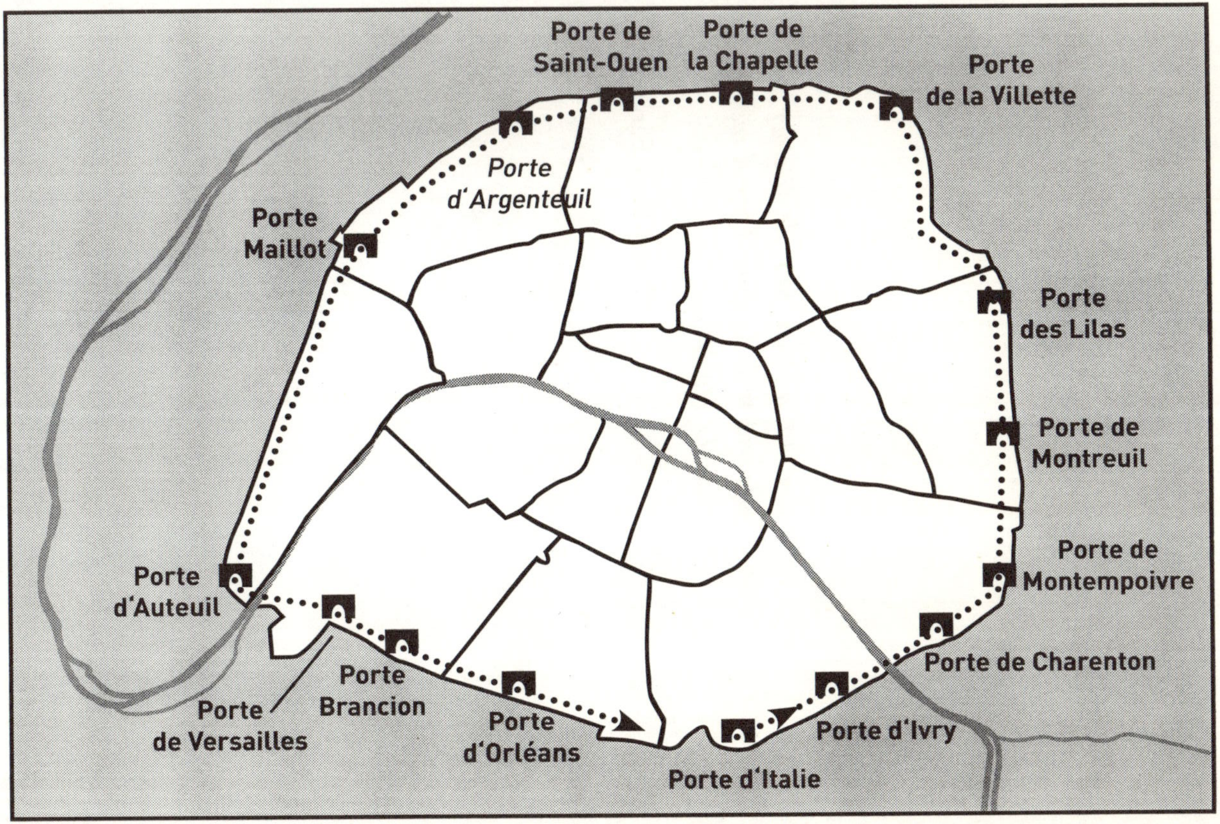
Porte de Saint-Ouen
Porte de la Chapelle
Porte de la Villette
Porte d'Argenteuil
Porte Maillot
Porte des Lilas
Porte de Montreuil
Porte de Montempoivre
Porte d'Auteuil
Porte de Charenton
Porte Brancion
Porte de Versailles
Porte d'Orléans
Porte d'Ivry
Porte d'Italie

Préambule

La zone, oui, moi aussi j'irai la revoir avant que nous ne disparaissions, elle et moi, dans les limbes de ce Grand Paris dont Napoléon III avait déjà rêvé. Qu'il faille se dépêcher, oui et non, car, quoi qu'on dise et prétende ici ou là non sans hypocrisie, on n'en a pas fini de distinguer la ville et sa banlieue. Le pourtour intérieur de Paris a encore de l'avenir devant lui et c'est tant mieux. Nos petits-enfants pourront s'y balader longtemps si ça leur chante et empiéter sur les marges à Ivry aux Lilas à Malakoff, à l'envi. Le périmètre entre le boulevard des maréchaux et le boulevard périphérique reste adossé à tout un passé et c'est une bonne nouvelle. Nous sommes là, pour une part, pour tenter d'empêcher que tout ne s'efface comme les quatre vers sur la tombe de Jean Valjean à la dernière page des *Misérables*. On sait bien qu'il ne s'agit plus de la zone d'autrefois, que les fortifications ont été rasées, qu'on ne verra plus les baraques et les roulottes invraisemblables qui s'y étaient entassées dans une misère noire présageant des bidonvilles, que les terrains vagues se sont métamorphosés en stades et en barres d'immeubles, on est convaincu que depuis vingt ans le paysage a plus ou moins changé, mais la zone garde un attrait mystérieux et puissant.

Pour ce récit, quel meilleur point de départ que Léon-Paul Fargue, dont le nom ne dit plus grand-chose à la confrérie des lecteurs et c'est bien dommage. *Le Piéton de Paris* fut son titre de gloire qui lui va comme un gant – si on peut dire – à condition de considérer *Haute solitude* comme son indispensable complément. Il était mort depuis un peu plus de deux ans, au 1, boulevard du Montparnasse, quand je suis né mais j'ai pourtant le sentiment que nous sommes contemporains.

En préambule, il s'adresse sans préavis à « des promeneurs qui ont du temps à perdre », à des lecteurs disposés à le suivre, pas à pas, avant qu'ils ne partent à leur tour, le nez au vent, sur les traces de ce qui fut et qu'ils ne conjuguent tout ça aux autres temps. Vers la fin de son périple, dans le chapitre intitulé « Talus », il nous emmène aux fortifications où « le courant d'air de Dieu soutirait les ballons » et où, quelques années plus tard je suppose, on lambinait « jusqu'à l'heure où le crépuscule coulait son cœur dans l'apéritif ». En tout cas, il a marché tant qu'il a pu, avant d'être cloué sur un lit par une hémiplégie. Marcher, ou battre la semelle, Fargue aime bien cette expression qui prouve que si on va à pied on va chaussé et qui vient de loin, du

XVIIe siècle, où elle signifiait aller de ville en ville et s'appliquait aux compagnons.

La semelle, nous la retrouvons chez Calet, son dauphin, qui nous invite à percevoir « la pulsation d'un grand cœur sous sa semelle ». En bus et à pied, il vaque, d'autant plus attiré par la zone qu'elle se situe dans le continuum de la cité. L'idée est aussi simple qu'essentielle : flâner pour récolter « des souvenirs personnels, en poudre, en grains, [en miettes, il ne l'écrit pas, mais il n'a pas pu ne pas y penser], des fragments d'histoire de France, des fraises des bois ». Au passage, il fait des rencontres, c'est la preuve qu'il n'est pas nécessaire de les provoquer. Un jour, deux Arabes l'accostent et lui demandent Dis donc le métro c'est loin ? Il constate : « J'ai été d'autant plus ému par ce tutoiement inattendu que je me sentais porté vers la mélancolie. » Au-delà de leur dimension géométrique, *Les Grandes Largeurs* reposent sur ce feuilleté de souvenirs et, si je choisis ici pour méthode une visée objectiviste plutôt que l'usage de données personnelles, je souscris à son merveilleux vague à l'âme. Et j'ai bien retenu sa mise en garde. Écrire, pensons-y, comporte des risques : « On s'appuie sur trop de cadavres, ça finira par céder un jour ; on va se casser la figure. »

En attendant, je rédige une déclaration d'amour à la ville en général et à la zone en particulier, une déclaration de tendresse pour peu que la formule soit agréée dans la lignée de ces deux maîtres. Le propos peut d'autant plus surprendre que Paris est une ville assez rude, tendue, que sa bordure n'échappe pas à cette brusquerie, que la misère y est plus tangible, mais la mansuétude aussi. Évidemment, je sais, à peu près, où je vais mettre les pieds, dans la couronne entre les boulevards des maréchaux et les boulevards périphériques. Je suis souvent passé par là, j'ai eu l'occasion d'en éprouver l'énergie à la plupart des heures du jour et de la nuit, j'ai vu ou aperçu ce qui avait changé et ce qui tendait à rester en l'état, et je ne confondrai jamais le moindre tronçon, sud, est, nord, ouest. Je sais aussi que cette intention systématique, qui consiste à faire tout le tour, lui donnera un caractère singulier.

Paris n'est pas une ville, c'est un monde : voici le jugement de Charles Quint qui se flattait de parler espagnol à Dieu, italien aux femmes, français aux hommes et allemand à son cheval, ajoutant l'anglais pour parler à sa tante, et qui s'exprimait donc en latin quand il était sous le coup d'une émotion géographique puisqu'il a dit, en vrai, *Lutetia non urbs sed orbis*. Avant de passer pour être le monde, *orbs* est le rond, le cercle, l'orbite, par opposition à *globus*, la boule. Il correspond parfaitement à notre objet. À croire que Charles Quint a jugé la ville par sa circonférence davantage encore que par la pluralité des mondes que tout un chacun y discernait déjà.

La boucle donne la mesure de ce qui nous attend. Boucler la boucle devrait permettre de faire le tour du sujet, même si je me doute qu'elle ne se referme jamais tout à fait car du temps aura passé entre le départ et l'arrivée. C'est même ce délai qui fait son originalité, qui la distingue d'une traversée ouverte à de multiples possibilités. C'est donc bientôt parti pour cette boucle autour de Paris. Je m'apprête à explorer cette zone qui constitue la marge de la capitale depuis un siècle, arpenter sa périphérie intérieure, le dernier des cercles concentriques que décrit le plan des vingt arrondissements enroulés en escargot dans le sens des aiguilles d'une montre, à partir du premier, l'interface mouvante entre la ville et les couronnes de sa banlieue.

Bien entendu, je pourrais le faire comme autrefois – ce tour – en trois heures d'une traite, quand je m'entraînais pour le marathon, ou aujourd'hui en quatre, en courant, mais ce serait passer à côté du sujet et des saisons. Ce serait aussi se contenter des boulevards des maréchaux, qui n'en représentent pas moins un beau motif. En marchant, il y faudrait la journée et le procédé aurait ses charmes. Mais cette expédition demande à ne pas être expédiée. Elle relève plutôt d'une flânerie attentive qui commande d'arpenter toute la marge, de repasser par là où nous serons passés, d'y revenir, de nous laisser gagner par un goût de revenez-y qui donnera l'occasion de voir les feuilles trembler dans un ciel tendre ou cru puis tomber, les femmes enlever leur anorak ou leur manteau et paraître en jupe ou en robe légère, la vie battre son plein, ou pas. Ces promenades tiennent de la musarderie et de la vadrouille, pour reprendre ce mot qui plaît à mon amoureuse. Elles permettront d'avancer par retouches et reprises, au gré de ce ravaudage à quoi ressemble un peu – tout compte fait – ce qu'on nomme la littérature.

À l'origine, le mot « zone » désignait la ceinture portée par une femme, et le dictionnaire précise qu'on la déliait le jour du mariage. Abstraitement, la langue grecque l'appliquait déjà à des bandes de terre ou de ciel. À l'époque moderne, la zone a été rapportée au climat : torride ou froide ou tempérée. Ce n'est qu'au début du XXe siècle qu'elle a désigné, par abréviation, la zone militaire fortifiée construite autour de la capitale au milieu du siècle précédent. L'enceinte comprenait quatre-vingt-quinze bastions, dix-sept portes, vingt-trois barrières, huit poternes. À la même époque, Apollinaire l'a choisie pour titre d'un poème, le dernier composé qu'il plaça en tête du recueil, *Alcools*, une façon en somme de boucler la boucle. Il voulait être moderne ; il a réussi même si un critique inamical a comparé son recueil à un magasin de brocante où on recycle des vieilleries. Il faut chercher un peu pour trouver la raison de ce titre ; l'indice est « une jolie rue », qui donne sur le boulevard Gouvion-Saint-Cyr, dans le 17e arrondissement, où j'aurai aperçu, en tournant la tête vers la gauche, la façade de verre et de briques peintes en rose d'ateliers transformés aujourd'hui en lofts hors de prix. Apollinaire lui a donné ainsi un faste que l'expression « de seconde zone » vient contrarier.

D'ailleurs, qui a déjà croisé un citoyen de première zone ?

En tout cas, c'est bien de cette zone que vient le verbe « zoner ». J'aime les verbes, qu'ils soient – comme on dit – d'état ou d'action. Zoner a d'abord signifié « coucher », pronominal « se coucher », ce qui correspond à sept années de ma vie où j'aurai, en effet, dormi dans ce qui fut la zone, sous les feux du périphérique et d'une enseigne aux lettres rouges ARISTON. Peu après, il a signifié « mener une existence marginale » qui a priori me ressemble moins, sauf à considérer les livres comme une marge, puis « flâner sans but précis » que j'assume à certaines heures, et enfin « vagabonder » qui me va bien.

Musarder et vadrouiller me vont tout aussi bien, et déambuler malgré le spectre du déambulateur, et baguenauder, surtout s'il s'agit de faire exploser comme des pétards ces baguenaudes qu'on cueillait sur des arbustes et qu'on s'amusait à crever. Les verbes ne manquent pas. Traîner ou traînailler, pourquoi pas, mais ils n'ont jamais eu une très bonne presse malgré les ciels de traîne ; rôder et marauder, non plus. Cheminer, j'aimerais beaucoup, sachant que notre chemin s'apparentera à un état des lieux forcément lacunaire.

D'où partir ? La question n'est pas anodine et on se dit que le choix de la porte influera sans doute sur l'histoire comme le papillon de Lorenz. La porte d'Italie s'impose assez vite. Autant pour les souvenirs que j'en ai, ce fil à plomb de mon existence, que pour les promesses dont son nom reste porteur. Il est vrai que le rêve italien a ses lettres de noblesse depuis l'époque où les rois allaient y faire la guerre et ramenaient dans leurs bagages des œuvres d'art et des artistes. De toutes les portes de la capitale, c'est elle qui s'aventure le plus loin, sans comparaison, à l'exception d'une porte de Madrid assez confidentielle.

Le nom des portes – une soixantaine – suffit à vivifier le goût de la toponymie. À celui des portes, il faudra adjoindre celui des rues et des stations de tramway. Parfois ils s'arriment à la géographie, parfois à l'histoire, ils indiquent des lieux ou des vies qui ne demandent qu'à être racontés. D'expérience, je sais qu'ils sont le reflet d'une époque, qu'ils traduisent la volonté d'inscrire une trace sur une plaque émaillée longtemps en lave de Volvic où les lettres blanches se détachent sur fond bleu. Et, qu'on le veuille ou non, c'est aussi par ces noms, par la litanie de leur enchaînement, que nous connaissons la ville que nous habitons ou que nous visitons.

Pour me rendre porte d'Italie, je longe l'avenue du même nom qui part de la place autrefois nommée pointe de Vitry et qui m'émeut davantage que les Champs-Élysées. Par anticipation, je me demande dans quel sens tourner. Vers la Poterne-des-Peupliers ou vers le moulin d'Ivry ? Bien que je commence un jour où le ciel est à la neige, je choisis le soleil levant. À vue de nez, on aura le sentiment de partir à l'est.

Une boussole nous indiquerait que c'est le nord-est. La projection qui s'ensuivrait nous emmènerait de fil en aiguille assez loin : Montreuil Soissons Berlin Saint-Pétersbourg la Nouvelle-Zemble.

Autant partir comme d'habitude, sans livre, sans guide, me fiant à mes yeux, arc-bouté à une espèce de commandement que j'ai souvent cité, « regarde de tous tes yeux, regarde ! », qui vient de loin, du chapitre 5 de *Michel Strogoff* quand l'émir tartare nous avertit que le temps est compté et où les larmes nous sauvent du sabre chauffé à blanc. Somme toute, on s'aperçoit que les livres font en quelque sorte partie du paysage qu'on a sous les yeux.

Porte d'Italie - porte de Choisy

Une jeune femme en doudoune matelassée gris perle, dont nous ne saurons rien, s'engouffre dans le café au coin de l'avenue d'Italie et du boulevard Masséna. Restaurant, brasserie, pizzeria, il se nomme, sans trop de génie, Le Masséna. Au-dessus un immeuble de neuf étages fait l'angle avec des baies vitrées arrondies. C'est le 168 – les numéros pairs à l'intérieur de la ceinture du boulevard des maréchaux, donc les impairs à l'extérieur. À la terrasse, personne ne brave le froid. À l'intérieur, des clients accoudés au bar se partagent entre cafés noirs et ballons de blanc. C'est comme ça depuis un bail, le même petit noir le même petit blanc, les clients à peine moins vieux, partis dans des controverses métaphysiques sur le temps ponctuées de parenthèses taciturnes.

Cependant, la première « chose » qui frappe aujourd'hui porte d'Italie, c'est le tramway. C'est la voie, sans même les rames, ces rails plus ou moins étincelants, avec le petit tapis d'herbe central. La ville a dû y mettre le prix car à vue de nez le gazon se maintient. Le tramway a donc remplacé la ligne d'autobus Petite Ceinture, remerciée pour services rendus. Les rames arrivent précédées d'un tintement de clochette qui nous avertit de leur passage et font écho aux jours anciens. La foule se presse sur les quais, direction pont du Garigliano comme direction porte de Vincennes. C'est très bien. À part que le tramway a rétréci les boulevards des maréchaux qui ont perdu, dans l'affaire, un peu de leur superbe.

Ce qui est évident, c'est qu'il a modifié la forme de la ville, pour reprendre le titre et l'incipit du livre que Gracq a consacré sur le tard à Nantes. « La forme d'une ville change plus vite, on le sait, que le cœur d'un mortel. » Il l'empruntait bien sûr à Baudelaire, « hélas » en moins. L'amusant est que le premier souvenir qui remonte dans le cœur de Gracq, ce sont « les coups de timbre métalliques des vieux tramways jaunes ». Pour ma part, je continue à « voir », en pensée, le tunnel qui plongeait sous la porte d'Italie et qui a disparu, ses petits pavés, le reflet orangé des lampadaires, son profil légèrement courbé, le tunnel que nous n'avions pas le droit d'emprunter à vélo mais où, justement, on pédalait deux fois plus vite.

Pour le reste, le décor est posé et mon cœur penche plutôt vers le sentiment que rien n'a changé, ou si peu. Des deux côtés de la porte, les bouches de la station de métro absorbent et déversent toutes les deux minutes environ leur lot de voyageurs et les 184, 185, 186 font un tir groupé en terminus de ligne, tandis que le 131 s'en va jusqu'à Notre-Dame-de-l'Assomption, à Rungis, qui vaudrait le détour parce qu'elle est le premier exemple d'église construite en ciment préfabriqué. À côté du café, des immeubles de six étages en brique rouge d'assez belle facture sont dotés au rez-de-chaussée d'une petite panoplie de commerces chinois, coiffeur, restaurant, Le mandarin Masséna, qui se sont installés à l'extrémité occidentale du boulevard, et un café Comme chez nous qui propose des crêpes comme chez nous, des tajines et des thés à la menthe puisque Comme chez nous est marocain, on peut le lire sur la vitrine. Nos commencements semblent ainsi s'inscrire dans la perspective d'un cosmopolitisme de bon aloi.

De l'autre côté de la voie du tramway, un jardin porte le nom d'Hélène Boucher. Mais le jardin est pauvre, malgré sa terre de bruyère et ses rosiers, vide, un triangle soigné par les jardiniers de la ville et ignoré par les passants. Aviatrice et féministe, Hélène Boucher est morte à vingt-six ans, après que son Rafale a accroché la cime des arbres et s'est écrasé. Les rares personnes que j'aurai vues dans le jardin sont des miséreux qui s'abritaient, un jour de pluie, sous l'auvent du pavillon dévolu au gardien.

Où commence la Route nationale 7 ? À la limite du Kremlin-Bicêtre et c'est bien sûr comme dans la chanson, « il faut la prendre qu'on aille à Rome à Sète/qu'on soit deux trois quatre cinq six ou sept », et même si on est tout seul, mais maintenant les auto-stoppeurs se postent à l'entrée de l'autoroute avec leur bout de carton et plus grand monde ne chante les chansons de Trenet, sauf peut-être *Je chante* et, les jours fastes, *Y a d'la joie*. De toute façon, la Nationale 7 a été déclassée. Elle n'est plus que la Départementale 7. Elle n'en va pas moins jusqu'à la frontière italienne, puis, par la via Aurelia, jusqu'à Rome puisque, nous le savons depuis longtemps, tous les chemins mènent à Rome.

Insérée dans un bloc d'immeubles en brique marron, on aperçoit la poste, un bureau de poste, anciennement PTT (Postes Télégraphes et Téléphones). Sans remonter aux relais de poste inventés par Louis XI, je me demande qui se rappelle encore le service des pneumatiques, des « petits bleus », abandonné il y a trente ans. Au-delà, à environ cent mètres sur notre droite, on tombe sur la rue Paulin-Enfert. Le nom m'intrigue. La précision, qui l'accompagne (philanthrope), m'amuse. J'attends le moment où des édiles inaugureront une rue *Untel - misanthrope* et je redoute le jour où ils décideront de moderniser la plaque et transformeront le philanthrope en humanitaire. Paulin Enfert est donc un catholique, mais laïc, à cheval sur le XIXe et le XXe, les deux siècles, échappant à l'oubli relatif pour avoir fondé l'association nommée La Mie de pain, au prétexte qu'« on donne bien du pain aux oiseaux ». Il avait choisi pour devise « De l'urgence à l'insertion ». Pour occuper les jeunes garçons des familles pauvres, il avait installé une roulotte dans la zone. Elle ressemblait aux roulottes de Van Gogh, elle était posée sur l'herbe et sur quatre roues, un escabeau pour y monter, un tuyau de cheminée pour l'hiver. Le jeudi après-midi et le dimanche, les gamins recevaient des leçons de catéchisme et se livraient, au milieu des fortifs, à des activités sportives. L'association date de 1887. Les démunis sont toujours là.

À ma gauche, la rue Gandon s'échappe vers le cœur de la ville. Elle n'est plus de mon ressort. Toutefois, on ne peut pas passer sous silence qu'une plaque de marbre (que personne ne regarde vraiment) rappelle qu'ICI FUT LE POSTE DE COMMANDEMENT DU COLONEL FABIEN LE 18 AOÛT 1944 D'OÙ A ÉTÉ DIRIGÉE L'INSURRECTION LIBÉRANT PARIS DES HITLÉRIENS ET DES TRAÎTRES. Elle est apposée sur l'immeuble d'en face, parce que la maison a été rasée.

Si on suit la rue Paulin-Enfert, on arrive avenue Léon-Bollée, « l'un des premiers constructeurs d'automobiles ». Cette fois-ci, la définition manque singulièrement de poésie et démontre le peu à quoi on résume une vie. Bollée, Léon, fils d'Amédée, est d'abord l'inventeur du pédalo, et ce titre suffirait à égayer la plaque. Ce pédalo était un « vélocipède nautique » qu'il conçut à l'âge de quatorze ans, avec deux flotteurs en forme de fuseau et des pédales qui permettaient un bon dix kilomètres à l'heure en remontant le courant, avant d'inventer une voiture à trois roues, vite surnommée Tue Belle-mère parce que le siège du passager était situé sur le pare-chocs avant. Mais c'est lui qui avait le cœur fragile. Il est mort à quarante-trois ans – comme Charles le Téméraire.

Et le Téméraire est un de ces souvenirs inoubliables des leçons d'histoire qui m'enchantèrent à la communale de la rue Baudricourt, à même pas cinq cents mètres de là, l'image en noir et blanc de son cadavre gelé dans un lac, à moitié nu, une joue rongée par les loups, « le crâne fendu jusqu'aux dents », associé au 13e arrondissement comme les chevaux la tête plongée dans leur sac d'avoine à la sortie de l'école et le tas de charbon de l'autre côté de la cour où nous jouions aux osselets avec les copains, que je perdrai de vue quand ils prendront le chemin du certif qui rime avec fortif.

En tout cas, c'est gentil d'avoir donné à Léon Bollée une avenue plutôt qu'une rue, mais, sans débiner, c'est une voie sinistre, surtout un jour où le ciel est à la neige sans que la neige se décide à tomber. Rien ne la sauve, ni l'entrée du local LES PORTES DU SUD – accueil de jour (thérapeutique) qui donne plutôt envie de prendre ses jambes à son cou, ni le rideau de fer tiré d'une antenne de la Fédération française de sauvetage et de secourisme.

On arrive d'autant plus vite porte de Choisy, le tramway aussi.

Entre les boulevards des maréchaux et le boulevard périphérique, l'avenue de la Porte-de-Choisy raccorde la capitale à sa couronne. Choisy-le-Roi, en l'occurrence

Louis XV, qui y chassait et c'est pourquoi la route fut pavée dès le milieu du XVIIIe siècle. Sur à peine cent mètres, ce sont pour l'essentiel des commerces aux enseignes chinoises ou vietnamiennes – transactions immobilières, sources de crédit, assurances, placements, surgelés, boucherie, poissons et fruits de mer, téléphone-cybercafé, bijouterie Le Bonheur, qui tourne en circuit fermé puisqu'elle propose à ses clients la transformation et la réparation de bijoux.

Les stades prennent la relève. Sur un mur de ciment gris, une vieille plaque en fer de l'US Métro indique les horaires d'ouverture d'une salle dévolue à sa section de tir à l'arc. Sur la droite, une allée conduit au stade de la Tour-à-Parachutes, dont le nom m'a toujours fait rêver. Ce terrain de football, j'y ai longtemps joué une semaine sur deux quand mon équipe évoluait « à domicile », un terrain en mâchefer, enrichi par toutes les saletés des usines alentour, plutôt imperméable, mais jamais boueux, très noir, plein de flaques dès qu'il pleuvait. Aujourd'hui il y a un gazon artificiel, élimé, mais les joueurs qui s'ébattent cette après-midi sont, je suppose, ni plus ni moins heureux que nous ne l'étions.

Au-delà c'est donc le boulevard périphérique. L'immeuble LE PANORAMIQUE se contente de six étages. C'est suffisant pour jouir d'un beau panorama sur les périphs. Au pied du PANORAMIQUE commence le boulevard Hippolyte-Marquès. Il a 500 mètres de long, 515 mètres pour être précis, il n'a rien de renversant, et pourtant toute une histoire. Longtemps on l'a appelé boulevard de la Zone avant de lui donner ce nom d'un militant communiste, fils de tanneur, monté de son Aveyron natal au début du siècle à la suite des pionniers qui avaient accaparé les métiers de la limonade, arrimé à moins d'une lieue de la gare où il avait débarqué, devenu tenancier d'un café-hôtel. Hippolyte était devenu adjoint au maire d'Ivry et administrateur de la presse communiste, déchu de son mandat par le régime de Vichy, mort avant la fin de la guerre. La rue de la Zone était située sur le territoire d'Ivry, annexé par décret à la capitale en 1929 lors de la démolition des fortifications, et promue au rang de boulevard. Au lendemain de la guerre, la municipalité communiste le rebaptisa boulevard Hippolyte-Marquès comme s'il était toujours sur le territoire d'Ivry. Cependant, le boulevard fut à nouveau re/dé/baptisé en boulevard de la Zone par la Mairie de Paris jusqu'à ce qu'une délibération de 2011 y renonce officiellement, mais à cause d'une décote foncière de 30 % provoquée par l'image négative de la zone. *Sic transit gloria mundi !*

Porte d'Ivry

L'été, la porte de Choisy ressemble assez à la porte de Choisy l'hiver. Le même tramway, les mêmes gratte-ciel, les mêmes passants mais en tenue plus légère.

Attablés à la terrasse du Tabac des Sports, les habitués boivent des cafés, fument et discutent comme à toutes les terrasses de café du monde. Ils contemplent la noria des autobus qui déversent davantage de monde encore qu'à la porte d'Italie dans la bouche du métro. De leur siège, ils ont une vue imprenable sur un bâtiment administratif assez moche ; c'est le Centre de Valorisation des Ressources Humaines de Paris, ça fait beaucoup de lettres majuscules et il dépend de rien de moins que de deux ministères, celui de la Transition écologique et solidaire et celui de la Cohésion des territoires. Sa mission est résumée par un slogan qui relève de la novlangue : « Écouter, accompagner, développer les compétences ».

Le centre ouvre ses portes au 2, rue Alfred-Fouillée – philosophe. Voici un philosophe dont les leçons et même le nom m'avaient échappé. Autant son *Histoire de la philosophie*, traduite en japonais dès 1898, que *La France au point de vue moral* dont l'incipit peut surprendre et affligerait sans doute les populations attablées en terrasse : « Certaines supériorités attribuées aux *races* du Nord peuvent s'expliquer par le double effet du climat et d'une civilisation plus tardive. » Son plus grand titre de gloire, à mes yeux, est d'avoir été le second mari d'Augustine Tuillerie. Sous le pseudonyme de G. Bruno, elle fut l'auteur du *bestseller* historique, *Le Tour de la France par deux enfants*, qui raconte donc un tour de France de deux orphelins à la veille de la Première Guerre mondiale. Si d'aventure vous cherchez une rue G. Bruno à Paris vous la trouverez bien, parallèle au boulevard des maréchaux à hauteur de la porte de Châtillon, le long de la voie de chemin de fer de la Petite Ceinture, mais c'est la rue Giordano-Bruno. Et, si on peut saluer la volonté des édiles d'honorer la mémoire d'un philosophe brûlé vif par l'Église pour avoir postulé que la Terre tournait autour du Soleil et que l'univers était infini, on peut noter au passage qu'Augustine a été négligée.

Porte de Choisy, on n'échappe pas à l'emprise des tours qui font la singularité architecturale du coin et qui sont la porte de l'Asie balisée par les dragons et les lanternes. Sous un certain angle, elles ressemblent à de gigantesques Lego d'une bonne trentaine d'étages. À chaque fois que je compte, que je parte d'en haut ou d'en bas, il y a toujours un moment où je ne sais plus où j'en suis. Malgré le trafic, j'entends la clameur, le joyeux vacarme, qui traverse le boulevard et provient d'une cour d'école. C'est l'heure de la récréation. Il est temps de se mettre en route vers la porte d'Ivry.

Aussitôt j'aperçois l'accès d'une galerie commerciale où se détache le mot DISCOUNT, comme si on était déjà de l'autre côté du périphérique, en banlieue, ce que tendrait à prouver l'entrée proche d'un parking. Dans mon souvenir, c'était ici les longs murs déserts des usines Panhard, symbole d'un travail ouvrier et d'un progrès liés à des décennies glorieuses qui semblaient éternelles. L'histoire avait commencé avec un grand-père sellier puis carrossier qui était monté de Bretagne au temps de Napoléon, un père qui s'était lancé dans la location des voitures hippomobiles, un fils qui avait donc mis au point la première automobile, mon oncle qui conduisait une Dyna dont le nom tournait avec les enjoliveurs, moi qui jouais avec une Panhard miniature de la marque Norev. Cette usine était la première au monde et elle ressemblait déjà à des vieilles cartes postales. Aujourd'hui, depuis longtemps, les usines Panhard ont été remplacées par des tours. À l'angle de la porte d'Ivry, un panneau signale la villa d'Este, modeste promenade au pied des tours, légère hyperbole qui se compare à ce jardin des merveilles conçu à Tivoli, fameux pour ses cent fontaines et ses orgues hydrauliques. Il n'y a ici qu'un bac à sable et, l'après-midi, des vieux assis sur des murets en ciment.

Côté sud, depuis la porte de Choisy, on longe une fresque d'art des rues, du « *street art* » placé sous l'égide de la mairie d'arrondissement. Elle représente un visage de jeune fille genre Dalì dans un bon jour, accompagné de deux visages d'homme, les artistes, ou les copains des artistes. Quoi qu'il en soit, l'œuvre a été abondamment taguée. Parallèlement, les travaux d'aménagement continuent le long du boulevard, matérialisés par des préfabriqués et des engins. Au milieu de ce chantier, improbable miracle, un quarteron de boulistes s'adonne à sa passion sûrement quotidienne sur un terrain balisé, sous les marronniers. Des septuagénaires en polo et espadrilles pointent et tirent, et palabrent, comme s'ils étaient sur les pistes parfaitement ratissées du jardin du Luxembourg. Accrochée aux grilles de la halle Carpentier, une banderole en toile de jute déjà sale encense PARIS 2024 À NOUS LES JEUX. En attendant, honneur au premier champion du monde français, dont les combats soulevèrent l'enthousiasme des foules et qui se fit imprimer des cartes de visite avec la simple mention « homme du monde ». Désormais les salles de boxe sont ouvertes aux femmes et les combats mettent aux prises des champions de boxe thaï. Sinon, on y joue au badminton, au ping-pong adapté au quartier chinois et au handball. Au bout de l'enceinte du stade, le club aérospatial pour les jeunes (de huit à vingt-cinq ans) est financé par la Mairie et mes amis du CNES. Le coin ne paie pas de mine mais les spationautes en herbe lancent des ballons sondes et, mieux encore, de vraies fusées. Ils ne les lancent pas d'ici mais de Kiruna, au-delà du cercle polaire.

À passer vite, on pourrait la manquer. La tourelle est étroite, d'une quinzaine de mètres de haut, dotée d'une plateforme. À quoi ça peut bien servir ? Pas à la chasse aux palombes ni même aux pigeons. Je m'approche, je lis qu'il s'agit d'une sculpture-architecture, qu'elle mesure dix-sept mètres de haut et un mètre carré au sol, que c'est un prototype d'habitation dont les volumes latéraux sont des coques de matériaux composites peints en jaune et que ce prototype a tout d'une « extension de soi physique et mentale dans laquelle on peut sculpter selon ses propres actions, ses propres désirs ». L'explication est donnée en français et, on se demande pourquoi, en anglais. Elle fait appel à l'imagination (il en faut). Malgré tout, on peine à deviner les pièces de l'habitation, cuisine, chambre, salon, toilettes, à percevoir une autre dimension de nous-même « physique et mentale ». Quant à la porte d'entrée, elle est fermée à clé.

À la porte d'Ivry, l'école est assez ancienne pour qu'on voie, d'un côté (ouest), inscrit sur le fronton, ÉCOLE DE GARÇONS, de l'autre côté (est), ÉCOLE DE JEUNES FILLES. Elle me rappelle mon enfance, avec sa façade en gravillons lavés. Côté filles, l'architecture des années trente nous vaut des mini-coupoles décorées de plexiglas coloré et une sorte d'avant-toit en verre cathédrale. Sur le mur, une sculpture a pour motif une mère qui est une allégorie de la Ville de Paris sinon de la République et des enfants. Elle est délabrée et recouverte d'un filet protecteur destiné à la protéger des pigeons ou à protéger les piétons, ou les deux. Sur le côté, la même plaque de marbre noir que du côté garçons rappelle que plus de cent vingt enfants juifs du 13e arrondissement ont été déportés dans les camps et nous enjoint, en caractères plus petits, NE LES OUBLIONS PAS. À l'arrière, la cour est silencieuse, la récréation finie. À deux pas, un jardin pédagogique a été ouvert, avec potager, pâquerettes et marguerites dans des casiers délimités par des rondins.

Sur l'avenue, des bâtiments administratifs de la Ville de Paris, d'une facture moderne et aérée, abritent désormais des directions de services excentrées (voirie, constructions publiques). Côté pair, je ne savais pas que je mettais les pieds dans le quartier Joseph-Bédier. À qui ce nom dit-il encore quelque chose ? Nous lui devons pourtant l'édition moderne de *La Chanson de Roland*, ce poème épique splendide qui a quasiment un millénaire et fonde la langue française. Un triangle d'herbes folles et de coquelicots nous propulse soudain à la campagne. Le docteur Yersin né en Suisse mort en Indochine s'en contente. Sa place donne sur des immeubles récents et un centre médical. Retour sur l'avenue, Le Homard bleu a vocation à accueillir la clientèle 7 jours sur 7, service continu. C'est pourtant fermé mais le menu est alléchant à défaut d'être bon marché. On peut lire que Le Homard bleu a choisi de « démocratiser les fruits de mer », ce qui relève d'une noble intention. D'ailleurs, le Homard a l'esprit large puisqu'il propose également de servir une côte de bœuf « exceptionnelle et délicieuse ». À deux pas, un restaurant japonais élargit la gamme des saveurs asiatiques.

Au coin de la rue Dupuy-de-Lôme, un petit magasin semble à la fois tenir du siècle passé et d'un autre monde. RETOUCHES est accompagné du dessin d'une aiguille et d'une bobine de fil et l'enseigne vous assure que le travail est soigné et rapide, qu'un pantalon est disponible sous vingt-quatre heures. Le temps de vérifier que Dupuy de Lôme est un ingénieur militaire auquel nous devons notamment le premier navire de ligne à vapeur du monde, ce qui n'est pas rien vu la concurrence, et aussi le premier sous-marin, qui fait la paire avec le pédalo de la porte d'Italie, je suis prêt à répertorier le trésor hétéroclite de la vitrine. Donc, dans le désordre, plus ou moins d'en haut à gauche à en bas à droite comme dans les Histoire de la peinture classique, des bonzaïs, assez poussifs, des fleurs artificielles qui eussent été fanées si elles avaient été naturelles, deux torses de mannequins superbes, des livres mais des mangas, la porte d'entrée où un carton précise que la retoucherie se livre à quelques activités accessoires, cordonnerie, plaques minéralogiques pour les autos et pour les motos, clés minute, tampons qui ont un petit côté mystérieux, puis, de l'autre côté de la porte, des boîtes de Lego miniatures, des chinoiseries, un réveil, des poignards en métal argenté ciselé avec chaînettes du meilleur effet, 38 euros le grand modèle, un crapaud doré à trois pattes aux yeux rouges assis sur des lingots, censé nous apporter la prospérité.

Sur les maréchaux, un marchand à la sauvette, venu d'Inde ou du Pakistan, vend des fruits, melons, bananes, mangues. Il les a posés sur une planche elle-même posée sur quatre cageots en guise de tréteaux et il semble sur le qui-vive. Sinon, il y a une pharmacie et une boulangerie-pâtisserie qui sont les classiques des portes de Paris. En face, de l'autre côté du boulevard, un bâtiment moderne en brique abrite des bureaux *open space* visibles de l'extérieur où les architectes ont conservé les poutrelles métalliques au plafond. Un peu plus loin, une plaque commémore une naissance. ICI NAQUIT L'INDUSTRIE AUTOMOBILE EN 1891 - PANHARD-LEVASSOR. C'est tout ce qu'il reste des usines.

Porte de Vitry

Le viaduc de la porte de Vitry a disparu. Longtemps nous sommes passés en dessous pour entrer dans Paris, et pour en sortir. Au nord, le nom de la rue de Patay célèbre une bataille lors de la guerre de Cent Ans, donc une victoire, qui doit moins à Jeanne d'Arc qu'à un cerf abattu avant le début des opérations par les archers anglais qui révélèrent par des hourrahs intempestifs leur position à la cavalerie lourde française qui les tailla en pièces. Au sud, l'avenue Pierre-Semard nous renvoie à un passé sensiblement moins lointain. Secrétaire général du syndicat CGT des cheminots et dirigeant communiste, Semard fut révoqué de la SNCF, emprisonné, livré aux nazis, fusillé comme otage en mars 1942. Pourtant, on a parfois l'impression que ce passé-là aussi semble s'éloigner à toute vitesse.

Depuis que je passe par là, ce qu'on voit à main droite n'a pas changé. Ce qu'on voit est d'ailleurs ce qu'on ne voit pas, les ateliers de maintenance des chemins de fer établis en contrebas, le long des voies qui vont à Austerlitz (et en viennent). Au-delà d'un tourniquet, « strictement interdit à toute personne non autorisée », on peut toutefois apercevoir des rails, des wagons, des élévateurs, des essieux, toute une harmonie de métal, brillante les jours de soleil, luisante les jours de pluie.

Arriver porte de Vitry par le boulevard des maréchaux est l'occasion d'un brin de géographie physique, qui reste la base de toute géographie. Il ne fait pas mystère que ça descend, et encore moins mystère, dans l'autre sens, que ça monte. Si la distance est brève, la pente est soutenue. On descend donc la petite butte du quartier Italie, composée de marnes et de caillasse, calée entre la vallée de la Bièvre et la vallée de la Seine. Pour autant, la porte de Vitry offre les commerces habituels aux populations qui y vivent, ou qui y transitent selon cette notion de migrations quotidiennes ou pendulaires contribuant à expliquer les encombrements aux portes. Le café est Royal, la boulangerie est artisanale, la pharmacie est flanquée d'une boutique de matériel médical et le salon de coiffure est mixte, peu onéreux, 10 euros pour une coupe et un shampoing, 15 euros pour un shampoing et un brushing. J'en prends note même si je ne me sens pas vraiment concerné par le brushing. Le rayon épicerie est plus étonnant. Sur l'avenue, une épicerie sociale est ouverte, mais seulement trois matins par semaine et le rideau de fer est tiré. On pourrait revenir, bien sûr. On n'en a pas moins une idée assez précise de qui y vient et de ce qui s'y joue, de la détresse qu'elle signifie. Sur le boulevard, une boutique d'alimentation générale comme on disait autrefois appartient au réseau Ashnawi, assez inhabituel même quand on a l'âge d'avoir connu Spar ou La Ruche. On apprend tous les jours. Kamal Ashnawi a des références. Si ce n'est pas un nom d'emprunt, il s'agit d'un Malais qui prétend détenir une des plus grosses fortunes du monde acquise dans l'or noir, être une réincarnation d'empereurs chinois, avoir huit femmes, ce qui fait beaucoup, et seize passeports, davantage que Jason Bourne. La boutique, en revanche, n'a rien de transcendant. Pâtes, riz, sodas, etc.

Ce sont les migrations qui ont fait Paris. Avant de venir d'Afrique ou d'Asie, les migrants de la porte de Vitry sont venus du Massif central. La preuve, un ensemble de voies dénommées squares qui ne sont pas des rues mais des allées tracées à l'intérieur d'un ensemble de logements, squares du Limousin, de Limagne et du Velay, à savoir l'ouest, l'est et le sud-est dudit Massif. Arrivés d'abord sur des sapinières, par la Loire, le canal de Briare et la Seine, ils vendaient leurs marchandises, charbon, vin, chanvre, et les planches des sapinières comme bois de chauffage, ils rentraient au pays leur pécule cousu dans la doublure de leur blouse, puis ils remontaient, finissaient par s'établir non loin du port, du côté de la Bastille, avant d'essaimer le long du fleuve, vers la banlieue, bougnats qui affluaient ensuite par la ligne du chemin de fer d'Austerlitz et qui ouvraient des dépôts de charbon, des musettes et des bistrots. Le charbon et les musettes ont disparu depuis longtemps, les bistrots ne se portent pas très bien. En revanche, l'ensemble d'immeubles a l'air propret. Gazon, rosiers, buis, basset tenu en laisse par une retraitée en robe de chambre assez chic, digicode pour entrer.

En quelques pas, on se retrouve devant le stade Boutroux, rue Boutroux. La philosophie est encore à l'honneur ou, plutôt, l'histoire de la philosophie glorifiée par la IIIe République, au moins à la lisière de la cité. Le stade est une ruche aux heures d'entraînement, sur une pelouse artificielle, beaucoup de filles, des maillots verts, un épais rideau d'arbres derrière la lice, les cris des gamins recouverts par la rumeur du périphérique au-dessus. Un peu plus haut rue Boutroux, le lycée professionnel forme aux métiers de la chimie et de l'eau. Le nom de Vauquelin lui va bien. Enfant d'origine modeste, élève studieux, garçon de laboratoire devenu chimiste éminent à l'époque de la Révolution, on lui doit notamment la découverte du chrome (dans un minerai de plomb rouge de Sibérie) et la découverte de la nicotine (dans le tabac mais aussi dans la pomme de terre et le chou-fleur). Il est mort en traduisant des vers de Virgile. La poésie, c'est un leitmotiv, n'est jamais loin.

Une fresque a été peinte sur le mur qui fait face à l'entrée du lycée. Elle est abstraite, de style orphiste, elle affiche trois mots d'ordre. J'en retiens un : « la beauté est dans la rue ». Tout à côté, fixées au mur, une cinquantaine de plaques en plexiglas écrites à la main sont présentées comme des épopées de quartier et des cartographies narratives. Thierry Payet, « artiste plasticien », a recueilli les témoignages anonymes des habitants de la zone. On peut lire par exemple : « Je veux mourir dans ma maison. Parfois j'ai envie de déménager, mais j'ai tous mes souvenirs ici », et, comme en écho : « Ici avant c'était COOP et à la place du pâtissier c'était Zouzou, une boucherie. »

Un jardin est à deux pas. Le square Boutroux est devenu en 2016 le square Clara-Zetkin. C'est la première note révolutionnaire dans ce tour de la couronne. Elle est paradoxale étant donné le reflux des idées révolutionnaires dans la société actuelle. Le paradoxe s'explique dans la mesure où Clara est une femme, une féministe, pas n'importe laquelle, puisque nous lui devons la Journée internationale des femmes qu'elle proposa avec Alexandra Kollontaï lors d'une conférence à Copenhague en 1910. Elle était allemande, non seulement socialiste comme c'est indiqué en petits caractères sur un écriteau, mais communiste, très active, rigide, capable de tenir tête à Lénine sur l'importance des questions sexuelles, dirigeante du Secours rouge international. À la fin de sa vie, à moitié aveugle, elle prononça un discours résolu au Reichstag pour dénoncer la menace nazie, avant d'être obligée de s'exiler à Moscou, y mourant aussitôt, inhumée sur la place Rouge. Les horaires d'ouverture du square sont généreux mais le ballon y est interdit. Le jardin est planté de pins noirs, de tilleuls, de pruniers myrobolans pourpres et d'arbres de Judée. Les pruniers myrobolans, je l'ai lu sur l'écriteau.

Derrière les pins noirs, un hôtel a une vue imprenable sur le boulevard périphérique et sur les jolis nuages blancs qui passent de l'autre côté. Pour un Lodge In, il a une drôle d'adresse : rue Théroigne-de-Méricourt. Elle appartient à la même fournée que Clara. Anne-Josèphe est une des plus belles figures de la Révolution française, longtemps méconnue, une des plus romanesques aussi, rocambolesque et assez terrible, de sa jeunesse européenne où elle rêve de devenir cantatrice, à sa période révolutionnaire où elle prône l'égalité des sexes, harcelée par les médisants, molestée par des femmes jacobines qui lui reprochent de soutenir les Girondins et lui administrent la fessée républicaine, sombrant dans une folie accrue par les atteintes de la syphilis, internée à la Salpêtrière, exhibée le dimanche comme un animal de foire. Pour lui rendre hommage, au bord de la zone, on s'est contenté de prélever une centaine de mètres sur la rue Maryse-Bastié, une aviatrice, active dès les années trente pour le droit de vote des femmes, tout se tient. Détentrice de records de distance, engagée dans les Forces françaises libres pendant la guerre, elle est morte lors d'un meeting aérien. Finalement, on a donné son nom à la station de tramway.

La caserne de pompiers ressemble à tout sauf à une caserne de pompiers. C'est un monolithe de béton brut, doté d'une sorte de cheminée comme sur un transatlantique. Sur le boulevard, je passe devant mon premier bazar, une « quincaillerie » qui ne vend plus beaucoup d'ustensiles en métal, ni les clous, écrous, boulons que le bricoleur s'y procurait autrefois. Les cuvettes plastiques, de toutes tailles et de toutes couleurs, sont en vedette sur le seuil, le quincaillier à côté pour éviter qu'elles ne s'envolent. Un certain sens de l'organisation préside à la mise en valeur des objets par catégories, des théières, des brocs, des presse-oranges, des bols, des services de verres, des flûtes, et encore des jouets, des ballons, des tongs, des casquettes, des sèche-cheveux, un lampadaire, pourquoi pas, des bricoles, des articles de Noël qui font les quatre saisons.

Décidément, je suis sensible à la magie du nom des rues. Le plus souvent, ils sont pourtant déconnectés de la vie des habitants du quartier. Dalloz, Darmesteter, Michel-Bréal évoquent des arrière-pays variés ; Dalloz n'est pas seulement un gros livre rouge, le répertoire alphabétique et méthodique de tous les codes de droit, mais Désiré qui les a répertoriés ; Darmesteter sont deux frères distingués sans plus de précision, un philologue (Arsène) dont j'ai égaré un bref traité jamais rendu à mes grands-parents, et un linguiste spécialiste du vieux perse cunéiforme (James) dont je n'ai rien égaré ; Bréal, le seul qui ait droit à son prénom sur la plaque dans cette promotion de 1932, fondateur de la sémantique, que j'avais déjà croisé sur un marathon puisque c'est lui qui souffla à Coubertin l'idée d'introduire cette course lors des premiers Jeux olympiques modernes. La rue fait 42 mètres et des poussières. Le millième d'un marathon.

Dans le même périmètre, d'autres noms ne me disent rien. J'en comprends vite la raison ; je n'ai pas fait d'études médicales et je préfère considérer la médecine d'assez loin, même si la vie tend à nous en rapprocher contre notre gré. Jules Péan et Claudius Regaud, la pince hémostatique qui évite les saignements pendant les opérations, dite pince Péan, et le pionnier de la radiothérapie.

De l'autre côté du boulevard, on peut observer un peu plus haut une barre de neuf étages qui ressemble comme deux gouttes d'eau à la cité Maurice-Thorez d'Ivry, qui elle-même ressemble à l'université Lomonossov de Moscou, en moins soviétique (moins grandiose) toutefois. Pas étonnant, ce sont les mêmes architectes qui ont œuvré à Ivry et sur les maréchaux. Cent mètres plus bas, puisqu'on descend, on est surpris par une maison qui tranche sur les autres. Elle n'est pas en brique et elle a la forme d'un cube. La villa Planeix a été édifiée par Le Corbusier, obligé, une fois n'est pas coutume, de composer avec des murs mitoyens. On y reconnaît des fenêtres bandeaux et un toit en terrasse. Quant au bow-window, on pourrait le prendre pour une cage d'ascenseur extérieur. La villa relève de l'histoire de l'art à un autre titre puisqu'elle fut le siège du mouvement Abstraction-Création, animé notamment par Hélion et Kupka. Pour le plaisir des coïncidences, je convoque *Le Homardier* qu'Hélion a peint à l'acrylique cinquante ans plus tard, une toile redevenue figurative, au fond rouge où le tablier du homardier est blanc et le homard bleu comme son voisin de la porte d'Ivry.

Porte de la Gare - porte de Bercy

La porte de la Gare et la porte de Bercy ont en commun d'être dotées d'un nom qui n'est pas tourné vers l'extérieur (Italie, Choisy, Ivry, etc.) mais vers l'intérieur, *intra-muros*. Pour la première fois depuis le départ, et pour la seule, je n'aurai pas de zone à arpenter. L'espace est occupé par le fleuve. Cela dit, la porte de la Gare renvoie non pas à la gare d'Austerlitz mais à l'ancienne gare fluviale installée à l'entrée de la capitale.

Par définition, une porte constitue un passage entre deux espaces distincts. Paris présente une originalité, un système de doubles portes si on peut dire, l'une sur le boulevard des maréchaux, l'autre sur le boulevard périphérique. Cette originalité s'explique par l'édification en 1840 d'une enceinte à vocation de défense militaire, nourrie par le souvenir cuisant de la défaite éclair et de la capitulation devant les forces étrangères coalisées en mars 1814. La fortification se compose d'une chaussée d'empierrement (la première mouture des maréchaux), d'un parapet, d'un talus pourvu de rampes d'accès, d'un fossé où est tracé un chemin de ronde, le tout d'environ 150 mètres de large, prolongé d'une bande de terrain d'environ 250 mètres à découvert.

La zone se précise encore mieux à partir de 1860 avec l'annexion des territoires compris entre le vieux mur des Fermiers généraux (le fameux alexandrin prérévolutionnaire, « le mur murant Paris rend Paris murmurant ») et la nouvelle enceinte fortifiée. En moins d'un mois on commença par détruire le vieux mur, à l'exception de deux rotondes et deux barrières, rayé de la carte sans le moindre souci d'un quelconque patrimoine. On parlait désormais de « la zone autour de la ville » ou déjà de « la banlieue ». Les raisons implicites touchaient à la fiscalité et commandaient de repousser le paiement de l'octroi aux nouvelles portes. La raison explicite était de garantir la sécurité des citoyens, de les délivrer du spectre de « la capitale assiégée par les masses », sous-tendue par l'idée sous-jacente d'une population ouvrière plus pauvre qui serait ainsi *naturellement* refoulée *extra-muros*.

Longtemps, la zone fut un terrain vague, souvent boueux, sinon poussiéreux, non constructible en droit et en latin (*non aedificandi*), mais la vie se montre plus forte que le latin et le droit. Une activité artisanale et industrielle s'y développa, du recyclage des chiffons et des ferrailles à des travaux plus qualifiés. Avant la guerre, la Première, on recensait plus de dix mille baraques et roulottes alignées à la queue leu leu, entassées sur plusieurs rangées, insalubres, habitées par des « zoniers » ; on recensait aussi quelques guinguettes quand elle devint un lieu de promenade. Et puis, tout change plus ou moins vite après la guerre quand l'enceinte de Thiers est démolie. La zone commence alors à ressembler à ce qu'elle est depuis bientôt un siècle.

Le fleuve, lui, reste assez identique depuis deux millénaires. Aujourd'hui, les deux portes et les deux rives sont reliées par un pont, le pont National, rebaptisé ainsi à la chute du Second Empire. Les trottoirs qui y conduisent sont parsemés à intervalles réguliers de bancs en métal conçus pour que les passants admirent le paysage, mais, premièrement, il y a très peu de passants, deuxièmement, personne ne semble disposé à s'y asseoir.

Vers l'intérieur, on devine le chemin de la Petite Ceinture, qui court jusqu'à la vieille gare Masséna. Le bâtiment est désaffecté, sa façade saturée de tags, un cube de briques peintes en rose, recouvert par des affichettes, des réclames, des offres d'emploi, des mots d'amour, un poussin jaune vif qui déclare I'M NOT A NUGGET. On ne sait pas si le projet de transformer la gare en centre pour l'art du cirque et de la marionnette a été abandonné.

Vers l'extérieur, on fait face à l'arrière des ateliers de la SNCF, un panorama qui nous plonge dans le XIXe siècle, un vrai patrimoine industriel, avec ses toits en dents de scie et ses aérateurs à hélices. À côté, les voies ferrées ressemblent aux voies ferrées dessinées sur les plans ou vues du ciel, un réseau de lignes très dense, des wagons prêts à filer vers le sud et je me dis que mon cher Vialatte exagère quand il dit qu'au sud du 13e arrondissement il n'y a « rien, et puis rien », jusqu'au Canigou, personne, « sinon, à hauteur du Morvan, un bœuf qu'arrosait une pluie fine ». Moi, rien que du pont, j'ai vu deux chats courir sur le toit et trois cheminots en chasuble orange traverser les rails.

On arrive ainsi place Farhat-Hached. Cette place n'a pas grand-chose d'une place et Farhat Hached est un syndicaliste tunisien assassiné dans la banlieue de Tunis au début des années cinquante. Pourquoi lui ? Pour saluer son combat pour l'indépendance de son pays et ne pas esquiver la responsabilité des services secrets français sous le couvert de l'organisation La Main Rouge, favorable au maintien du système colonial et au prestige de la métropole, appelant ouvertement au crime, s'abritant derrière un proverbe syrien, « Si un homme menace de te tuer, frappe-le à la tête ». Farhat Hached fut exécuté en effet d'une balle dans la tempe gauche. Et son nom est sûrement un choix moins sensible que celui de Mehdi Ben Barka, « enlevé » boulevard Saint-Germain au beau milieu des années soixante.

Naguère, j'ai vu ici des sculptures, des rochers dans le ciel, qui m'avaient intrigué par l'espèce d'évidence qui les rendait légers. Visiblement, ils ont disparu. En réalité, ils auraient simplement déménagé. Les immeubles aussi dénotent d'une géométrie originale ;

une tour feuilletée avec des balcons filants, une autre torsadée et en gradins, une autre encore, toute verte, connue comme la tour de la biodiversité, dotée d'un revêtement en titane aux effets de moiré, alliant le zinc, l'aluminium et les tapis de bruyères. Il paraît que ce sont pour une part des logements sociaux et on se dit que c'est tant mieux. Cela dit, j'ai moins l'impression d'être à Paris qu'en Europe (j'ai vu des géométries équivalentes ici ou là dans des pays nordiques). Au pied des immeubles, des galeries d'art esquissent un futur excentrique. Un peu plus loin, on traverse une rue Albert-Einstein, il ne l'a pas volée. De l'autre côté de la rue, le Lavo-Matik n'a rien d'une blanchisserie mais tout d'une boutique d'art urbain. Sur la vitrine, des personnages de BD en taille réelle qui me sont inconnus tiennent compagnie à un vieux bonhomme assis sur une chaise devant un guéridon sur lequel est posé un verre rouge fluo. À l'instant, je reconnais le vieux monsieur, c'est Prévert, flanqué de deux vers qui suffiraient à l'identifier :

> Les feuilles mortes se ramassent à la pelle
> Les souvenirs et les regrets aussi...

Depuis ce temps-là, ça n'a pas changé. En tout cas, la boutique qui tient lieu à la fois de galerie et de librairie est sympa. À gauche, en sortant, le long d'une volée d'escaliers, une fresque très colorée descend vers le quai.

En face, le départ de la rue Bruneseau nous renvoie au titre d'un chapitre des *Misérables*, à cette géniale digression sur les égouts où Jean Valjean sauve Marius. De là, j'aperçois l'étendard du magasin Leroy-Merlin pour lequel je conserve une tendresse déraisonnable depuis le jour, pas si lointain, où j'en suis reparti à moto le sac à dos rempli de soixante kilos de carreaux pour notre douche à l'italienne. Enfin, j'essaie d'imaginer les tours Duo pensées comme deux danseuses en équilibre par Jean Nouvel, la plus haute à 180 mètres d'altitude. On peut déjà les admirer sur des images virtuelles. À ce jour, il n'y a que des grues et un chantier.

Depuis le pont, on pourrait imaginer, avec ou sans images virtuelles, les pirogues néolithiques de Bercy retrouvées récemment sous des nappes d'alluvions, une dizaine d'embarcations à fond plat et en chêne destinées, déjà, au transport des marchandises ; et, pourquoi pas, les vestiges du camp romain de Titus Labienus édifié dans les parages puisque la chronique rapporte les manœuvres des cohortes romaines dans les marais le long du fleuve. Aujourd'hui, on voit des péniches chargées de pondéreux, des silos, le panache blanc des deux cheminées de l'usine d'incinération d'Ivry, l'autoroute A4, le périphérique, le pont Amont.

Je ne suis pas sûr que, de près, les quatre tours de la BnF en imposent. En tout cas, vues du pont, pas du tout. La façade neuve de l'École d'architecture et l'ancienne de l'usine de distribution d'air comprimé ont davantage d'allure. Quant aux rails de la Petite Ceinture, ils sont truffés d'arbres à papillons, de chiendent, d'herbes folles, de papiers, de plastiques jamais ramassés, d'un arbuste décoré par des joyeux drilles avec des guirlandes qui retombent en pluie argentée sur un butoir à moitié écaillé.

La fin du pont marque l'entrée dans le 12e arrondissement. Je laisse donc derrière moi le boulevard Masséna, je m'engage sur le boulevard Poniatowski. Ils ont en commun non seulement d'être maréchaux mais d'être étrangers. Masséna était niçois donc, à l'époque, savoyard et sarde, « naturalisé » à la fin de sa vie. Doué pour le métier des armes, courageux, il avait gagné ses galons sur les champs de bataille italiens (Arcole, Rivoli). Malgré ses critiques à l'encontre de Napoléon, il fit partie de la première fournée des maréchaux, le lendemain de la proclamation de l'Empire. Il s'enrichit alors de plus belle sur la bête, pillant sans scrupules, donnant libre cours à une cupidité désavouée par ses propres lieutenants, amassant une fortune considérable. Poniatowski était polonais, prince de sang, rallié à Napoléon, élevé à la dignité de maréchal le 16 octobre 1813 lors de la bataille crépusculaire de Leipzig. Le 19, blessé d'une balle dans le bras gauche, il ne veut pas se rendre, il traverse sous les balles la rivière en crue malgré le courant, il laisse flotter les rênes, mais quand son cheval essaie de grimper sur la rive opposée, abrupte, détrempée à cause de la pluie, il bascule et disparaît avec le capitaine qui se porte à son secours. On le retrouve cinq jours plus tard. Son estafette jure que son visage était aussi serein qu'à la veille de la bataille et note qu'« il avait perdu seulement sa perruque ».

La station de tramway ressemble à toutes les stations de tramway. Son nom surprend le néophyte. Baron-Le-Roy répond à une certaine cohérence puisque nous sommes à l'aplomb des entrepôts et des chais de Bercy, de l'octroi qui fit la fortune des négociants en vins. Le baron Pierre Le Roy de Boiseaumarié possédait un titre de noblesse et un vignoble à Châteauneuf-du-Pape. Il fut le créateur des appellations d'origine contrôlée qui ont contribué à relancer le commerce. Si la RATP m'avait demandé mon avis, tant qu'à célébrer les vertus du raisin et de la dive bouteille, j'aurais suggéré de donner à la station du tram le nom d'Antoine Blondin. Et c'eût été lui rendre justice, au regard de son projet de roman intitulé *Le PC des maréchaux*, si souvent raconté à ses amis qu'ils croyaient l'avoir déjà lu.

Porte de Bercy, le piéton aventureux a le loisir de voir les vestiges du mur d'enceinte, le bastion 1, puisque le compte a commencé rive droite, dans le sens inverse des aiguilles d'une montre. D'un côté, l'échangeur charrie son flux de véhicules. De l'autre, on longe un mur où une porte étroite est ouverte. Cinq marches d'escalier montent au bord de la Petite Ceinture où stationnent huit wagons désaffectés. C'est un centre d'hébergement. Le hasard veut qu'il ferme le jour même au terme d'un contrat de dix ans. Les hébergés déménagent, ils portent dans leurs bras un simple carton qui contient tout leur saint-frusquin.

On n'a plus qu'à se laisser porter par-dessus les voies de chemin de fer de l'antique PLM jusqu'à la porte de Charenton. Ce simple nom évoquait jadis l'asile et les aliénés. T'es bon pour Charenton ! Nous comprenions que l'avertissement était une façon de parler mais nous étions impressionnés par ce spectre d'un établissement psychiatrique destiné aux fous dits incurables auquel, nous l'apprendrions plus tard, le marquis de Sade apporta ses lettres de noblesse. Je ne suis pas sûr que le nom de Charenton évoque encore l'asile. Quoi qu'il en soit, il se situe sur la commune de Saint-Maurice.

Porte de Charenton - porte de Reuilly - porte Dorée

Un seul café pour les quatre coins de la porte. Cependant, il fait au mieux avec l'ardoise HAPPY HOUR, cette heure susceptible de se dédoubler de cinq à sept, voire de s'éterniser. Mais si on s'attable en terrasse, autant que ce soit avec de bons copains, car le panorama est assez minimaliste malgré le regain de trafic apporté par le tramway.

En face, le stade Léo-Lagrange vieillit bien. Le bâtiment d'accueil est d'origine, à savoir l'Exposition coloniale de 1931. Huit millions de visiteurs étaient venus y faire le tour du monde en un jour, grâce à deux cents pavillons dépaysants et à des attractions mirobolantes, des temples, des girafes, des danseuses balinaises, émerveillés, admiratifs, sans se soucier des tracts hostiles distribués par les communistes ni des réserves exprimées par des militants socialistes, ni de l'appel lancé par des écrivains surréalistes. Léo Lagrange, lui, a attaché son nom à l'essor du sport et des loisirs mis en œuvre pour la première fois par un gouvernement en 1936. Les amateurs trouvent ici non seulement des paniers et des cages pour les jeux de ballon, mais une piste de tartan, un boulodrome où on peut louer les boules et même un pas de tir à l'arc. C'est peut-être le côté Robin des bois du Front populaire, si on considère qu'il a pris aux riches pour donner aux pauvres.

Devant le stade, un coup de baguette magique a transformé en place un segment élargi de rue. Elle porte le nom de Lise-et-Artur-London. Le double choix est heureux. Et les indications apportées sur le panneau sont une leçon d'histoire mais en creux. Par ce qu'elles révèlent de l'incurie et de l'ignorance qui nous menacent. « Combattants des Brigades internationales », très bien, « en Espagne », la précision a tout d'un pléonasme ; résistants, déportés, oui ; point final. Autrement dit, il manque ce qui fit la notoriété des London, à savoir qu'Artur fut ministre communiste du gouvernement tchécoslovaque en 1948 avant d'être pris dans l'engrenage tragique des procès staliniens, en réchappant, écrivant un témoignage terrible, *L'Aveu*, dont l'adaptation au cinéma fera retentir un fichu coup de cymbales, pas loin d'annoncer le glas.

De la place à la gare routière, il n'y a qu'un pas. Gare routière est un grand mot. Pas même un abri, un simple trottoir en guise de station. Selon les heures, il y a un car ou pas de car, des voyageurs avec ou sans valises qui attendent le car ou pas de voyageur car ce n'est pas l'heure. Les destinations suggèrent des grandes diagonales vers le sud-ouest ; je retiens Bayonne pour le plaisir, Tordesillas en Espagne pour le souvenir du traité qui partagea le nouveau monde sous le patronage de la papauté, et Albufeira pour l'écho des quatre dromadaires d'Apollinaire. L'endroit est souvent vide. Pas de monde non plus, ni de boutique de fleurs, ni même de fleuriste à la sauvette, devant la porte d'entrée du cimetière Valmy.

Ensuite, c'est la lisière du bois, précédée par une rangée de pins. Le bois de Vincennes relève de Paris administrativement mais pas de la zone, par définition, puisque c'est un bois, le reliquat d'une forêt de chênes. Hugues Capet y chassait, Saint Louis y rendait la justice, mais c'est une autre histoire. La route des fortifications conduit à l'entrée de la foire du Trône. Assez logiquement, la porte de Reuilly constitue l'accès le plus direct à la pelouse de Reuilly qui évoque des souvenirs fugaces de Fête de l'Humanité.

L'emprise toponymique de l'histoire coloniale a de quoi frapper. La plupart des rues y renvoient. La place du Cardinal-Lavigerie célèbre un homme au profil exceptionnel, professeur d'histoire de l'Église à la Sorbonne, devenu par besoin d'action préfet apostolique du Sahara-Soudan, puis évangélisateur de l'Afrique et champion de la lutte contre l'esclavage, fameux encore pour son toast d'Alger, un appel lancé aux catholiques français afin qu'ils acceptent la République. La place donne sur l'avenue Charles-de-Foucauld, une autre figure d'exception, officier, puis explorateur, missionnaire, ermite au Sahara, auteur d'un dictionnaire touareg-français, critique des formes nocives de la colonisation, béatifié, sec comme un bédouin.

Évidemment, on ne voit rien de toute cette histoire en se baladant, sinon par l'imagination. L'avenue du Général-Laperrine serait pourtant prétexte à un récit sur son agonie dans les sables, et le square Van-Vollenhoven à une réflexion sur les raisons qui l'ont conduit à refuser une nouvelle conscription de tirailleurs sénégalais. Le square est incrusté entre les groupes d'immeubles bâtis après l'Exposition. On y aperçoit un bac à sable classique et une fontaine à gradins singulière, les deux bassins superposés décorés d'une mosaïque bleue, face à un banc où, ce midi, deux vieilles femmes qui ont à peu près le même âge que les mosaïques prennent le soleil.

Sur le boulevard des maréchaux, une plaque de verre transparent apposée à l'entrée d'un immeuble de six étages en pierre blonde attire mon attention. À TOUS CEUX ILLUSTRES ET ANONYMES QUI ONT RÉSIDÉ EN CE LIEU, entre 1950 et 2010, tour à tour Foyer des représentants de l'Afrique occidentale française puis, après les indépendances, Maison des étudiants, et enfin des migrants africains. Non loin, un immeuble qui date de 1918 – c'est gravé dans la pierre tout en haut – arbore des cariatides et des macarons. En face, il y a Le Bazar de la Magie, avec un lapin rose en vitrine, le chapeau dont il sortira le moment venu, et tous les articles dont un apprenti magicien peut rêver ; la boutique du plongeur où vous trouvez tout ce dont vous auriez besoin pour plonger ; un luthier, si vous jouez de la guitare ; une Pizza du Trône qui n'a de royal que le nom.

Il semble que la porte Dorée soit d'abord la porte de l'orée du bois. Mais elle recèle aussi une de ces énigmes d'un intérêt mineur mais amusante. Pourquoi la porte Dorée est-elle nommée parfois porte de Picpus, alors que le bout de la rue de Picpus est à cent mètres de là ? Toujours est-il que je croise ici les premiers touristes de mon tour de la couronne. Le bois, les lacs, le jardin zoologique génèrent ce flux. L'optimiste y adjoindra le musée. On ne fait pas la queue pour entrer, même au café éphémère (estival) ouvert derrière les grilles et doté d'une moquette. On y accède par une rampe le long de végétations africaines. Au hasard, je relève une barbe de serpent Niger et un buisson à papier.

Bâti sur les terrains d'une École pratique d'arboriculture, il fut d'abord le Musée des colonies puis, très vite, de la France d'Outre-Mer, devenu naguère un Musée des Arts africains et océaniens, récemment un Musée national de l'histoire de l'immigration, après que les collections d'art ont rejoint le Musée du quai Branly. La façade est un bas-relief, sculpté par Alfred Janniot sous le signe d'une abondance idyllique. À l'intérieur, une exposition permanente, « Repères », donne une vision plus actuelle de la colonisation. Fidèle au poste depuis la création, l'aquarium présente au visiteur des poissons d'eau douce et d'eau de mer, régulièrement renouvelés.

Adossé au bois, un monument en pierre d'une dizaine de mètres de long est dédié à la mission Marchand. Elle va, cette mission, de Brazzaville à l'extrémité gauche, jusqu'à Fachoda à l'extrémité droite où la sculpture s'arrête brusquement. Somme toute, elle constitue un des rares exemples de monument consacré à ce qui fut une défaite, au moins diplomatique. Ce n'est pas la raison, mais personne ne s'arrête devant. Sur le terre-plein central trône une statue dorée, en bronze doré. Pallas Athéna est coiffée d'un casque gaulois et se présente, avec une cécité confondante, comme *La France apportant la paix et la prospérité aux colonies.* Elle domine sept bassins en cascade bordés de palmiers, un espace baptisé square des Anciens-Combattants-d'Indochine.

Face à Athéna, un Burger King fait l'angle du boulevard Soult. Je n'aurais pas aimé habiter sur ce boulevard. Soult est le maréchal d'Empire le moins estimable. Au-delà de sa carrière militaire et du talent qu'on lui attribue à Austerlitz, il fut l'adulateur de tous les pouvoirs et, naturellement, le contempteur de tous ceux qu'il avait servis dès qu'ils étaient renversés. Pour rentrer en grâce auprès des Bourbons, il n'hésita pas à jurer que « nul ne déteste Napoléon plus que moi », Napoléon auquel il devait tout, à commencer par les toiles de maître qu'il avait pillées dans les églises andalouses, les Zurbarán, et l'*Immaculée Conception des Vénérables* peinte par

Murillo qui sera le tableau le plus cher au monde quand ses héritiers le vendront au Louvre, au lendemain de sa mort. Il s'en fallut d'un rien qu'il ne fît allégeance à Napoléon III. Il venait bien de se proclamer républicain à la chute du roi Louis-Philippe dont il avait été le chef de gouvernement les sept dernières années.

À une centaine de mètres du Burger King, je suis attiré par une boutique au nom inattendu. « Les peintres témoins de leur temps ». En vitrine, des bouquets de pinceaux usagés et de crayons plantés dans des pots en étain voisinent avec des porcelaines et des chinoiseries. La boutique s'octroie le rang de galerie d'art. Il paraît qu'on peut acquérir sur eBay un catalogue homonyme, « en bon état mais légère usure de la tranche noire de la couverture », avec un portrait de Brigitte Bardot par Van Dongen, en robe bleu marine sur fond doré, une star de cinéma qui fait un beau contrepoint à l'*Immaculée Conception* de Soult.

L'emprise de l'aventure coloniale perdure au-delà de la porte Dorée. Ainsi l'avenue du Général-Messimy, qui fut d'ailleurs ministre dans plusieurs gouvernements, un général dreyfusard vite reversé dans l'armée de réserve, auquel les soldats doivent le bleu-gris dit bleu horizon des uniformes pendant la guerre et les lecteurs quelques écrits notoires dont une *Causerie radiotéléphonique faite à l'époque des PTT*. Ou la rue du Général-Archinard, qui ouvrit la route de Tombouctou et mourut, vieux, en apprenant l'assassinat de Paul Doumer qui lui avait rendu visite la veille. Anciennement rue du Cimetière, elle mène au cimetière de Saint-Mandé Sud où repose Paulus, le pionnier du café-concert, réputé pour sa chanson *En revenant d'la revue*. Dans ce paysage, l'oasis Lefébure surprend. La rue Ernest-Lefébure honore la dentelle faite main. Ernest a repris l'entreprise paternelle réputée pour ses blondes et ses noires et il l'a transmise à son fils. Quand le fils a dû mettre la clé sous la porte, à cause de la crise et de la concurrence du travail mécanique, il a pu rendre ce dernier hommage à la dentelle et à son père car il siégeait au conseil municipal.

En semaine, par tranches horaires, la zone s'anime grâce à ses deux lycées. Paul Valéry qu'on ne présente plus, enfin, qu'on n'avait pas besoin de présenter quand le nom sinon l'œuvre des poètes consacrés du XXe siècle rencontraient un écho. Il est vrai que son *Cimetière marin* avait reçu un coup de main et un coup de frais grâce à la *Supplique* – de Brassens – *pour être enterré à la plage de Sète*, et que les deux vers de Pindare qu'il avait placés en exergue et en grec servaient volontiers de citation pour les dissertations, adaptable à la plupart des sujets, toujours de circonstance. « Ô mon âme cesse d'aspirer à la vie immortelle, mais épuise le champ du possible. » Paul-Valéry, lycée classique, depuis le début des années soixante, d'abord annexe du lycée Jean-Baptiste-Say, avant de gagner ses galons, toujours aussi moche. Élisa Lemonnier est moins connue.

Elle a pourtant des droits à faire valoir car elle ouvrit la première école professionnelle pour jeunes filles en 1862, une école laïque mais pas encore gratuite malgré sa volonté. Élisa-Lemonnier, lycée professionnel, forme ses élèves aux métiers de la coiffure et de perruquier posticheur.

Sur le boulevard, les Écoles de boucherie ne paient pas de mine. Elles n'en sont pas moins, à ce qu'on lit, spécialistes des arts de la viande. En vitrine, des photographies sans apprêt, prises devant l'école qu'on reconnaît à l'arrière-plan, distinguent les meilleurs apprentis, en toque, avec leur diplôme, ou une bannière, parfois en groupe, parfois avec leurs enseignants. L'ensemble dégage quelque chose de très touchant. On sent la fierté de ceux qui ont transmis leur savoir et de ceux qui viennent de l'acquérir, une fierté alliée à une modestie qui correspondent à la satisfaction du travail bien fait. Une grande coupe a été commandée pour la fête du 90e anniversaire des écoles, en novembre 2017. Elle est posée sur un billot.

Porte de Montempoivre - porte de Saint-Mandé - porte de Vincennes

La porte de Montempoivre tient son nom d'un lieu-dit attesté sur un plan dès le début du XVIIIe siècle. Le poivre, lui, s'étend déjà sur toute une colonne du dictionnaire Furetière où on apprend au passage que poivrés se dit ironiquement « des débauchés qui ont hanté les mauvais lieux et ont gagné quelque vilaine maladie avec les femmes ».

Par curiosité, j'ai cherché la poterne, c'est-à-dire la porte ouverte dans les fortifications. J'ai fini par la trouver, sous le boulevard, ce n'était pas sorcier. Les murs et une voûte en moellons sont parfaitement conservés, dans un segment souterrain de la Coulée verte, anciennement Promenade plantée, plus anciennement encore ligne du chemin de fer qui reliait la place de la Bastille à Saint-Maur-La-Varenne, depuis 1853, jusqu'en 1969.

Avant de descendre, j'ai jeté un coup d'œil au stade Alain-Mimoun, autrefois stade Paul-Valéry qui n'a pas pris ombrage de cette dépossession et qu'on n'imagine pas forcément en short mais qui participa aux Jeux olympiques de 1924. Membre du jury du prix de littérature, comprenant autant de jurés que de participants, une trentaine, il couronna Géo-Charles, auteur quelque peu oublié de *Sports*. Mimoun, on le sait, gagna le marathon olympique de Melbourne et s'est éteint à deux cent mètres de là.

Remonté à la surface, je me suis retrouvé sur le boulevard Carnot qui longe, à l'intérieur, le boulevard périphérique. Carnot a pourtant son avenue, qui donne sur la place de l'Étoile, comme Kléber, Hoche et Marceau qui ont été tués au combat avant la première promotion de maréchaux. On lui a attribué ce boulevard en sus, eu égard à ses mérites, et parce qu'il avait survécu à l'Empire. Il constitue la parfaite antithèse de Soult, simple général de division, mathématicien, poète, digne, généreux, un des premiers à promulguer une loi visant à étendre à tous les enfants « les bienfaits de l'école primaire », mort en exil.

Au gré de ce boulevard *sui generis*, on passe devant le Théâtre Douze, le centre Maurice-Ravel où un écrivain public tient une permanence hebdomadaire pour nos démarches en ligne, et la piscine Roger Le Gall. Outre son toit ouvrant, l'été, elle propose des créneaux horaires vespéraux pour les naturistes. En face, la déchetterie (espace tri) est ouverte au public, mais il est bien précisé qu'il est interdit de fouiller dans les poubelles (conteneurs). Plus loin, le collège Vincent-d'Indy ouvrait ses grilles sur l'avenue Vincent-d'Indy ; c'est aujourd'hui le collège Germaine-Tillion, mais toujours l'avenue Vincent-d'Indy, le compositeur payant un siècle après coup ses déclarations antisémites, ne serait-ce que la stupidité qui consistait à prétendre que les juifs étaient inaptes à la musique. En revanche, l'avenue Vincent-d'Indy longe toujours le coquet lycée Georges-Leven fondé par l'Alliance israélite universelle.

Revenu sur les maréchaux, deux squares sont ouverts 24 heures sur 24. On y voit des paulownias, un kiosque, un baby-foot. Georges-Méliès suggère des images d'Épinal, toujours bonnes à rappeler, le premier studio de cinéma, *Le Voyage dans la Lune*, un artiste bientôt ruiné par l'industrie, devenu marchand de bonbons. Émile-Cohl est moins connu mais il est le pionnier du dessin animé cinématographique avant de tomber dans la débine. Ils sont là comme des frères jumeaux, séparés par un mince ruban de macadam, morts la même année, mieux encore, le même jour, le 20 ou le 21 janvier, on ne va pas chipoter.

Des squares, on peut entrer dans les cités HBM bien entretenues, sûrement plus animées le matin et en fin d'après-midi, ceintes par les rues Lavisse et Malet. À nouveau, place à l'histoire et aux grands morts, ici aux historiens qui l'ont écrite. En couple, on se serait plutôt attendu aux rues Malet et Isaac dont les manuels ont escorté des générations de lycéens. Mais la chronologie tient lieu d'explication. Malet mort en 1915, Lavisse en 1922, Isaac, beaucoup trop tard si je puis dire, en 1963. Et plutôt que de discourir à l'infini sur les aléas du roman national, je préfère insister sur le goût de l'histoire qu'ils ont suscité et sur les qualités littéraires du Lavisse, sachant que tout le monde n'est pas Michelet ni Stendhal. De ce côté des maréchaux, on enregistre la même rengaine des immeubles et des boutiques, si ce n'est un barbier qui se réclame d'un rasage à la lame, « comme à l'ancienne » et n'hésite pas à ouvrir les jours de fête.

De l'autre côté, un ensemble en forme de rotonde aux volets de bois blond à lattes fines qui furent, un temps, à la mode et ne sont pas si mal conservés, ou rénovés, voisine avec des maisons vieillottes, aux portes basses et aux escaliers vétustes, le pas-de-porte minuscule d'une boutique invraisemblable, SWEDISH CARS, qui se présente comme spécialiste du véhicule suédois au cas où on n'aurait pas compris et on se demande ce que la moindre Volvo ou la moindre Saab viendrait faire ici. Un peu plus loin, il suffit de lire la vitrine pour comprendre ce que FLIGHT IN PARIS nous propose : PRENEZ LA PLACE DU COMMANDANT DE BORD. Autrement dit, piloter un Airbus, pour tout public, sur un simulateur professionnel, « idée de cadeau original », aucun doute.

La station de tramway Alexandra-David-Néel ouvre soudain l'horizon. Pourquoi pas, le tramway incite au voyage, le Sikkim, le Tibet, Lhassa. Pourquoi ? Elle était née à Saint-Mandé. À l'âge de cinq ans, elle était déjà repartie sous d'autres cieux, belges.

L'avenue de la porte de Saint-Mandé a reçu le nom de Courteline. Au numéro 4, une plaque a été apposée. ICI A VÉCU ET TRAVAILLÉ, on se dit que c'est Courteline, mais non. Courteline, qui s'appelait en vrai Moineau ou Moinaux, et qui écrivit des pièces de théâtre, souvent en un acte, qui faisaient rire, ce qui est salutaire et moins facile qu'il ne paraît, rire de ses personnages mais toujours avec une empathie qui sauve à la fois les personnages, l'auteur et le public, Courteline habitait avenue de Saint-Mandé et on peut supposer qu'il venait jusqu'à la zone se promener et siroter des anisettes, avant que sa jambe droite ne l'en empêchât. Il est mort le jour de son 71e anniversaire et il avait choisi pour sa tombe cette épitaphe équivoque : « J'étais né pour rester jeune, et j'ai eu l'avantage de m'en apercevoir, le jour où j'ai cessé de l'être. »

Au coin du périphérique, le SAMU SOCIAL a son siège. Sous la devise LIBERTÉ ÉGALITÉ FRATERNITÉ gravée dans la pierre d'une belle bâtisse, il accueille des hommes et des femmes visiblement laminés par l'existence, venus prendre un bol d'air. L'hospice Saint-Michel a vu le jour grâce à la somme léguée par le tapissier de Napoléon ou, plus exactement, de l'impératrice Joséphine comblée par ses brocards et ses velours, afin que soit édifié un hospice pour douze indigents, hommes, vieillards de soixante-dix ans.

Les voies publiques portent encore des noms de coloniaux, ici les plus implacables et les moins républicains. Lamoricière systématisa les razzias. Quant à Changarnier, il cumula les surnoms ; l'homme à deux têtes parce que les cavaliers arabes croyaient lui avoir coupé la tête quand ils n'avaient arraché que sa perruque postiche, et le général Bergamote en raison de son goût immodéré pour « des parfums inattendus ». Dans les parages, des arcs et des arbalètes sont à portée de main derrière une vitrine où des archers contemporains visent des cibles abstraites. Une crèche – la maison des Ours – s'ouvre devant une fontaine Wallace à cariatides, chacune singulière par la position de ses pieds ou de ses genoux. Une plaque mentionne que l'eau de Paris est équilibrée et bonne pour tous, et donne la liste de ses propriétés, calcium, sulfates, chlorures, magnésium, bicarbonate, sodium, potassium, fluor. Avant la porte de Vincennes, TOP MACHINES loue des outils qu'on suppose haut de gamme et affiche un numéro de téléphone, que je me dispense de noter. De la porte, on aperçoit les deux colonnes de la place de la Nation, les statues minuscules tout en haut des colonnes, 4,20 mètres quand même, Saint Louis et Philippe-Auguste veillant sur la capitale. De l'autre côté du périphérique, le magasin Hyper Cacher est entré dans l'histoire en janvier 2015.

Le boulevard Davout commence ici. Le maréchal ne m'inspire guère. Il s'en remettra.

Les cités se succèdent, s'entrelacent, avec leur lot de jardins intérieurs ou de plantations riveraines et le tout-venant des commerces, pharmacies, épiceries, quelques serrureries, sans oublier le BAMBOU BLEU, salon de massage, ce n'est pas de la réclame, juste une observation. La Cabane Davout fait une tache colorée et rappelle le sacerdoce des associations qui s'évertuent à donner vie aux quartiers déshérités.

Une bibliothèque neuve vient d'ouvrir, sous le sceau d'Assia Djebar, une romancière algérienne qui écrivait en français et siégea à l'Académie française. Elle donne à la fois sur le boulevard et au sein de ces logements sociaux. La vitrine est colorée de dessins d'oiseaux, à dominante jaune et bleue, beaucoup de perroquets et d'aras, une certaine allégresse qui irait bien à la lecture. Un papillon de papier propose un atelier de conversation en français, tous les mardis de quatorze heures trente à quinze heures trente, idéal pour les mères de famille.

Les musiciens forment un trio d'occasion, Paganini, Schubert, Reynaldo Hahn. Seul Paganini a été gratifié d'un square, pas de quoi casser trois pattes à un canard, malgré un lilas des Indes et un pin de l'Himalaya qui en imposent par l'imagination. Au coin de ces trois artères, on découvre le service de trésorerie Amendes 2e division, c'est-à-dire amendes majorées parce qu'elles n'ont pas été payées à temps, quelle que soit la classe d'infraction. Je m'étonne un peu qu'il n'y ait pas foule. Le bâtiment est pourtant avenant. Des flèches aident le contribuable à trouver la bonne entrée, rue Maryse-Hilsz. Une aviatrice encore, collègue de Maryse Bastié de la porte de Vitry, l'une et l'autre recrutées dans le corps des pilotes militaires féminins au lendemain de la Seconde Guerre mondiale, toujours détentrice d'un record du monde d'altitude sans pressurisation, à 14 310 mètres (à peu près trois fois le Mont-Blanc), sur un simple biplan. Le record rend soudain le pin de l'Himalaya plus proche.

Pour autant, le stade Maryse-Hilsz paraît bien décati et, une fois n'est pas coutume, je ne me vois pas vraiment y jouer. Un peu plus loin, la rue Charles-et-Robert englobe trois pionniers d'un coup, Charles qui inventa la charlière comme Montgolfier inventa la montgolfière et les frères Robert, Anne-Jean et Marie-Noël, qui la conçurent avec lui et volèrent dans ce ballon à gaz d'hydrogène. Rien, bien entendu, comme d'habitude, ne transparaît de ce paysage mental dans le réel. Rien non plus n'empêche d'y songer.

La rue du Volga arrive à point. On dit bien pourtant la Volga comme la Seine, même si c'est un fleuve, les Russes disent même la Mère Volga, oui, mais pour une fois la littérature impose sa loi. C'est dans *Michel Strogoff* qu'il (le fleuve) apparaît, au masculin, quand le héros arrive à Nijni-Novgorod. Et, c'est dire les pouvoirs de Jules Verne, la rue prend ce nom dès la parution du roman en feuilleton dans le *Magasin d'éducation et de récréation.*

Tout ce va-et-vient nous amène gentiment vers la porte de Montreuil. Par le bord du périphérique, le ciel exhibe le sigle CGT, le siège du syndicat, mais aussi les assurances de la MMA et les enseignes de chaînes d'hôtels. Empiétant sur le trottoir, des commerces proposent des rangées de valises rutilantes à partir de 7 euros, ou trois bouteilles de parfum pour 10 euros, par exemple Pompéia, l'arôme idéal pour attirer les personnes du sexe opposé, paraît-il, très utilisé dans les rituels vaudous. Côté maréchaux, je repère côte à côte un bazar qui vend des afro-cosmétiques capillaires, une boutique de produits de beauté qui annonce la couleur BLACK SHOP, puis les CHARMES D'AFRIQUE qui sont le rendez-vous de la coiffure. Il y a aussi une agence Western Union, une des cinq cent quinze implantées dans la capitale.

Et puis on ne voit que cette boutique qui paraît immense avec son portail jaune et bleu, comme les perroquets de la bibliothèque mais c'est forcément une pure coïncidence, et son impératif METTEZ FIN À VOS PROBLÈMES DE NUISIBLES. Tout y passe, cafards, blattes, rats, souris, pigeons, mouches, fourmis. En vitrine, des rongeurs empaillés tiennent compagnie à des planches éducatives où les noms des nuisibles sont donnés en latin et un extrait de journal qui prouve que personne n'est à l'abri puisqu'on s'est avisé d'une « invasion de rats dans le très chic jardin du Luxembourg ».

À l'angle de la rue d'Avron, une queue impassible patiente devant la boucherie halal. Autour de la bouche de métro, une poignée d'échalas s'agite et vend des cigarettes à la sauvette. Il règne une effervescence comme je n'en avais pas vu depuis la porte de Choisy, même si la note dominante n'est plus jouée par des Asiatiques mais par des Africains. Et, dès quatre heures du matin, on peut se désaltérer au comptoir du Café de l'Industrie.

Porte de Montreuil - porte de Bagnolet - porte des Lilas

L'avenir, porte de Montreuil, s'inscrit dans un projet à brève échéance : recouvrir le trou central au-dessus du boulevard périphérique par une structure en bois et aménager une place de deux hectares. L'ambition ne lésine pas sur l'hyperbole en claironnant « un quartier d'excellence environnementale ». On n'en demande pas tant.

Les puces y trouveraient leur place. Pour l'instant, le marché perdure le long du périphérique. Quelque peu dévalué par la prolifération des brocantes *intra-muros*, il n'en draine pas moins une foule de chineurs et de touristes, attirés par les fripes suspendues aux mêmes tringles, de la chemise hawaïenne à la canadienne au col de lapin, par les caisses de vinyles, les piles d'assiettes, les tréteaux de montres, la quincaillerie et les antiquailles, tout un bric-à-brac propice à un inventaire à la Prévert qui n'en finirait pas.

Emmaüs a pignon sur rue dans les parages de la porte. La vocation de son entrepôt Coup de main devrait nous obliger. Donnez une deuxième vie à vos objets. Sous un toit de fortune, des objets attendent donc de repartir dans une deuxième ou septième vie, depuis les réfrigérateurs jusqu'aux horloges en passant par les couvertures. Sur le boulevard des maréchaux, une boutique Emmaüs propose des vêtements, des poussettes et des jouets. À côté, le Palais de la Robe vend ou loue, comme vous préférez, des robes de mariée, des robes du soir, des robes de plage, pour tous les goûts ou presque, plus chères qu'à côté mais à un prix qu'on pourra juger très raisonnable. Un troisième local Emmaüs expose dans des caisses un drôle de fourbi. Outre une poignée de livres illisibles, j'avise quelques ustensiles indispensables et dépareillés, une palme, un patin à glace.

Depuis la porte, des ensembles de bâtiments s'imbriquent dans des allées privées ou squares qui portent des noms du Sud-Ouest, Gascogne, Dordogne, Guyenne. Et si le collège Jean-Perrin est calme aux heures creuses, il s'anime à la sortie des classes. À cent mètres, de l'autre côté des maréchaux, une façade en verre abrite notamment l'INED qui est donc l'Institut national d'études démographiques et qui a peut-être calculé que le collège voisin compte le plus grand nombre d'élèves de milieux défavorisés de toute la capitale.

La rue des Docteurs-Dejerine longe les répliques de ces bâtiments. Les docteurs étaient un couple de neurologues, Jules praticien à la Salpêtrière et auteur d'une étude complète des troubles de la sensibilité, réalisée avec son épouse Augusta, née Klumpke, californienne, première femme interne des hôpitaux de Paris, spécialiste des polynévrites. La rue Louis-Lumière prolonge la rue des Docteurs-Dejerine. Pourquoi les docteurs et pas les frères ? Pourquoi le cadet (Louis) et pas l'aîné (Auguste), alors que leur destin a été lié, depuis leurs brevets d'invention, leurs films, leur vie, leur soutien, modéré, mais soutien quand même aux idées fascistes, Louis d'ailleurs plus imprudent qu'Auguste, leur tombe. À l'endroit où Lumière succède à Dejerine, la rue Lucien-Lambeau, une allée étroite entre deux grilles, part à la perpendiculaire vers le périphérique qu'elle enjambe quand elle se transforme en passerelle pour piétons. Mais elle est fermée à cause des biffins qui rôdent.

La pauvreté ici est palpable et serre le cœur. Les cours intérieures et la saleté des rues en sont un signe, non seulement papiers, linges, canettes, mais poubelles de plastique vertes de cent litres accrochées aux grilles d'un immeuble comme une guirlande sinistre, et galerie de cabossés en tous genres, un quinquagénaire en survêtement râpé assis sur un tabouret pliant qui mâchonne tout seul sa misère increvable au pied de son immeuble, une jeune femme qui hurle au téléphone portable une bordée d'injures et d'imprécations, deux disgraciés qui se disputent pour Dieu sait quoi.

Marie de Miribel est à la place qu'elle s'est assignée avec la station de tramway à son nom. Aristocrate, profondément catholique, indignée par la pauvreté et la maladie, elle a fondé l'hôpital de la Croix Saint-Simon. À soixante-dix ans, elle est entrée dans la Résistance, puis elle a refusé la Légion d'honneur. Face au quai, il y a la rue Harpignies – paysagiste. Harpignies était un copain de Corot et il peignait des aquarelles à l'opposé de ce qu'on a sous les yeux dans ce coin de 20e arrondissement.

Le paysage, justement, s'aère un peu plus loin. Un banc en bois autour d'un arbre sert de boîtes d'échange pour des livres. Le temps de remarquer qu'il n'y a plus de livres, je vois que les portes des boîtes ont été volées et les gonds arrachés. Plus loin, un bâtiment ancien ressemble à une caserne. C'est bien une caserne de gendarmerie, à l'équerre. Côté impair, un panneau indique une auberge de jeunesse au nom délicieusement désuet. Le d'Artagnan propose des dortoirs pour quatre, logique, le petit déjeuner gratuit et la wifi. Il n'y a plus qu'à galoper vers la porte de Bagnolet, non sans admirer, dans un cadre rose fuchsia osé, The bar à Sourcils.

Un lampadaire tout aussi rose trône au milieu de la place. On dirait une paille plantée dans un cocktail sinon un trombone déplié. À mi-hauteur, il est tordu, dessinant une étoile à cinq sommets, elle-même surmontée d'une coiffe arachnéenne de cinq ampoules. Le voir briller la nuit lui va mieux, même si je ne suis pas certain qu'il soit « empreint d'une conscience aiguë de la réalité sociologique » ni qu'il « interpelle les plus rétifs à l'art contemporain ». Il n'en est pas moins là, il participe de la réalité de la porte de Bagnolet au même titre que les trois cafés, les deux stations-service, la femme en foulard assise au feu rouge, un enfant dans les bras, un gobelet de carton à ses pieds. Toutefois, il disparaît dès qu'on fait quelques pas vers le périphérique. Au pied de la barre d'immeuble, au bout de la rue qui fait l'angle, des jeunes désœuvrés tuent le temps sous les étroites loggias où les résidents entreposent du linge qui sèche, des rebuts, des géraniums, une bicyclette.

On ne visite le musée du papillon que sur rendez-vous. Dommage pour ses bibliothèques vitrées de lépidoptères rangés comme des livres, sa collection de papillons bleu argent des forêts tropicales et de papillons empoisonnés aux ailes rouges et au vol paresseux, cueillis en Amazonie, sur les rives du Mékong et pourquoi pas au bord du Volga, toutes ces richesses cachées à cinquante mètres de la porte de Bagnolet.

Voici la première côte à gravir. On commence par un CHIEN GENTIL de bon aloi. Le décor n'a plus rien à voir avec tout ce qu'on a vu jusque-là. Des maisons en pierre meulière, cossues, couvertes de végétation. À cent mètres, je ne résiste pas à une digression par la rue Camille-Bombois, tour à tour gardien de troupeau, hercule de foire, peintre naïf. Deux volées d'escalier d'une vingtaine de marches, deux rigoles cimentées sur le côté pour les jours d'orage, une rampe en fer forgé au milieu et un lampadaire à l'ancienne, on a soudain le sentiment d'être non seulement à la campagne, mais en province, voire dans les îles Anglo-Normandes.

Les stations de tramway témoignent à l'envi de la volonté de reconnaître l'apport majeur des femmes à l'histoire du pays. Séverine est écrivain, journaliste, féministe, socialiste puis communiste, certes, mais tous ces qualificatifs ne disent pas la vitalité de sa vie, son amitié avec Vallès, la radicalité de tous ses combats, sa beauté éclatante sous les pinceaux de Renoir. Adrienne Bolland est aviatrice, décidément, qui a traversé la Cordillère dans des conditions stupéfiantes, une féministe, une résistante, qui a réchappé de tous ses accidents. D'une station à l'autre, je suis frappé par les laveries automatiques où des femmes en boubou et en djellaba attendent le moment de sortir du linge des machines à tambour.

Désormais ce n'est plus que terrains militaires de part et d'autre du boulevard, des bâtisses protégées par des barbelés et un DÉFENSE DE PHOTOGRAPHIER un brin saugrenu. Ici, est-ce un hasard, les trottoirs sont nickel, le gazon entre les rails tout frais. La caserne des Tourelles abrite le siège de la DGSE, à savoir les services de renseignement, autrement dit le contre-espionnage ou la sécurité extérieure. Surnommée la piscine à cause de la piscine olympique contiguë, la caserne évoque une triste mémoire. Pendant le régime de Vichy, elle fut un lieu de détention des « indésirables », juifs étrangers et apatrides, puis, en juin 1942, des frondeurs arrêtés pour avoir affirmé leur fraternité en arborant des étoiles jaunes ironiques où chacun pouvait lire, en lieu et place du mot « juif », Papou, Zoulou, Breton, Swing, ou Potache. C'est ici qu'est passée Dora Bruder sur le chemin de Drancy puis d'Auschwitz. Modiano a vu juste. « On se dit qu'au moins les lieux gardent une légère empreinte des personnes qui les ont habités. »

L'ombre de Dora plane sur les derniers hectomètres du boulevard Mortier. Le maréchal, lui, a été le gouverneur du Kremlin et, au moment de la retraite, il a reçu l'ordre de le faire sauter. Nommé ambassadeur à Saint-Pétersbourg vingt ans plus tard, puis élevé au rang de président du Conseil mais mangé par les jeunes loups de la politique, il est mort à cheval, à soixante-sept ans, par un temps superbe, dans un attentat perpétré lors de la revue pour le cinquième anniversaire de la monarchie de Juillet, fauché par la mitraille, expirant dans une salle de billard du jardin turc, allongé sur trois tables mises bout à bout.

Porte des Lilas, la station de métro ne passe pas inaperçue. L'édicule est hors du commun ; peint ou repeint en blanc, avec une marquise, des moulures, des corniches, une toiture cintrée en béton, des mosaïques sur les piliers, un ascenseur qui n'a pas été remplacé par un escalator. Une chanson l'a rendue célèbre l'année où le général de Gaulle revenait au pouvoir et où Charly Gaul emportait le Tour de France. *Le Poinçonneur des Lilas.* Mais qu'est-ce qu'un poinçonneur ? Le type qui fait des petits trous des petits trous toujours des petits trous dans les tickets de métro avec une poinçonneuse, un métier qui a disparu comme goûteur d'eau ou suceur de sein. En face de la station de métro, une armurerie détonne. Le registre est étendu : chasse, tir, coutellerie, sécurité, défense, loisirs, et pourquoi pas, optique. En vitrine, un couteau suisse géant et débonnaire fait pendant au râtelier de fusils à pompe d'une ville lambda du Middle West.

Vis-à-vis d'un McDo intangible, la brasserie Le Clairon vaut le détour et un coup de chapeau. Une motocyclette est perchée sur le rebord de l'auvent, une autre motocyclette à l'intérieur sur une étagère au milieu des bouteilles et des bidons, un moteur sur le comptoir, une vieille pompe à essence et une non moins vieille pompe à air pour décor, les murs saturés de photos-souvenirs dans des cadres en acajou et des plaques métal de réclame pour des huiles. Quant au restaurant AU MÉTRO DES LILAS, réputé pour ses viandes rustiques de l'Aubrac et son baba au rhum, il rutile avec son enseigne où le O de métro est une grande horloge qui donne l'heure.

À cent mètres de la porte, vers les Lilas, la place du Maquis-du-Vercors n'a de place que l'espace réservé au carrousel des autobus, au parvis d'un cinéma et d'un cirque. Le cinéma est un cube marron de quatre étages assez élégant, plus beau la nuit avec le jeu des lumières. Le chapiteau du Cirque électrique pointe discrètement derrière des grilles jaunes recouvertes d'une toile rouge qui annonce le programme de l'année. Quant à la rue des Glaïeuls, ce n'est qu'un long mur de brique. L'étal de fleurs et de plantes de la Jardinerie est plus loin, au-delà du périphérique. Car la porte des Lilas nous autorise une balade au-delà du périphérique dont le tracé coupe à l'intérieur de la capitale.

Arpenter cette zone permet de découvrir le siège de l'Armée du Salut, des travaux de construction qui révèlent une architecture radicalement nouvelle pour le quartier, la rue des Frères-Flavien, deux frères réunis ici, deux résistants, l'un mort en déportation, l'autre pas. Et puis on s'en vient buter sur des rues tranquilles, bordées de pavillons modestes, qui nous ramènent plus d'un demi-siècle en arrière et nourrissent le sentiment très net d'une frontière, corroboré par le panneau LES LILAS.

Ce détour me conduit à redescendre vers la porte de Bagnolet, à découvrir le jardin de la Dalle Fougères, rebaptisé Frida-Kahlo, partagé en espaces fleuris et en friche, doté d'une piste de skate, posé par-dessus le boulevard périphérique, un lieu improbable, comme isolé du monde, offrant une vue plongeante insolite sur ce monde. Puis je longe l'arrière d'une mosquée qui embellit le panorama avec son dôme vert et son minaret, ma première mosquée dans ce périple, située il est vrai sur la commune de Bagnolet. De là, on dégringole toujours seul au monde vers l'échangeur, les bretelles d'autoroute, la gare routière, dans un panorama américain.

Porte du Pré-Saint-Gervais - porte de Chaumont - porte de Pantin

Repartir de la porte des Lilas me permet de mettre mes pas dans les pas de notre cher Henri Calet. Dans ce récit de voyage, *Huit quartiers de roture*, il s'aventure aux antipodes de sa porte d'Orléans. Assis sur un talus pour se délasser les pieds, il contemple la vue « extra-muros », quand bien même les murs ont été abattus depuis longtemps, et il note sans ambages que « sous ce firmament artificiel de suie, de crasse, de goudron, vit à perpétuité une population de centaines de milliers de nègres ». Les choses ont un peu changé, le lexique aussi.

Le boulevard Sérurier penche vers l'intérieur du 19ᵉ arrondissement et, ce faisant, rétrécit au point que la voie du tramway le délaisse. À tracé atypique, maréchal atypique. Sérurier est le plus vieux des maréchaux, après Kellermann, près d'une génération les sépare de leurs compagnons de promotion. Soldat sous Louis XV, dans des régiments qui ont connu la guerre en dentelles, sous-lieutenant sans éclat, il se distingue sur le tard dans l'armée des Alpes. Attaché à l'ancien monde, nommé gouverneur des Invalides pendant l'Empire, il arbore le plus souvent un air triste et des idées très conservatrices. Mais il est probe, donc assez pauvre pour que sa veuve soit obligée de solliciter une pension.

Avant de descendre le boulevard, je vais voir à quoi ressemble le jardin Serge-Gainsbourg. Planté au-dessus du périphérique dont les décibels se fondent dans le brouhaha général, pensé sous forme de modules, bacs à sable, balançoires, terrain de sport qui l'eût désopilé, belvédère, pièces d'eau décorées de roseaux rappelant peut-être que l'homme plie mais ne rompt pas, transats en bois où des vieux et des jeunes ont le loisir de bronzer l'été et de se chauffer les os l'hiver. Le jardin donne sur la Cité internationale, la résidence Lila, d'apparence accueillante, bordée par le passage Nafissa-Sid-Cara, qui fut au début de la Ve République la première secrétaire d'État d'origine algérienne.

À deux pas de la porte, je jette encore un coup d'œil à un vestige qui passe inaperçu : une maisonnette en pierre coiffée d'un toit couvert de mousse. C'est le regard des Maussins, un ouvrage datant du Moyen Âge, qui reçoit les eaux de source du Pré-Saint-Gervais. À cent mètres, on aperçoit de loin, faute de pouvoir y entrer, un réservoir. Il est grand comme deux terrains de football, recouvert de gazon et on apprend qu'il stocke 200 000 mètres cubes. Ce qui fait assurément beaucoup d'eau.

En guise de stock, les archives de la Ville de Paris ne sont pas en reste. Malgré l'équilibre de ses formes, le bâtiment qui les abrite n'a rien de la splendeur des hôtels dévolus aux archives nationales et ses matériaux ont sans doute moins bien vieilli. Il est campé au fond de l'allée Marius-Barroux, un archiviste, une vie consacrée aux archives, à l'organisation du service, bien avant la numérisation. On y compte 67 kilomètres linéaires et les kilomètres valent bien les mètres cubes. Au coin de l'allée, on découvre la gare XP, comprendre Gare eXPérimentale, comprendre association culturelle. Installée sur une dépendance des Eaux de la ville, c'est un collectif appelant à l'utopie, abritant des espaces de création et un lieu de vie pour trois poules et artistes fauchés, un potager, une buvette associative, dite « Tize Ânerie ». Elle suggère d'y revenir un jeudi, jour d'ouverture, pour une invitation au partage et à la détente signée « Avec amour », tout cet attirail à dix mètres des maréchaux.

On arrive ainsi à hauteur de l'hôpital Robert-Debré, un hôpital pour enfants. Juste après un pigeonnier extravagant, le panneau URGENCES MATERNITÉ fait les choses dans l'ordre. Conçu au début des années quatre-vingt, le projet architectural de Pierre Riboulet consistait à épouser la pente de la colline avec une composition en étages, un arc-de-cercle adossé au périphérique qui correspond au bâtiment principal, des terrasses blanches, des cubes et des jardins, une galerie couverte baptisée « rue hospitalière » destinée à prolonger la ville. Robert Debré est un pionnier de la pédiatrie, longtemps en poste aux Enfants-malades, refusant de porter l'étoile jaune, résistant, et attaché à cette réforme qui pût associer les soins, l'enseignement et la recherche.

Devant l'hôpital, sur un large parvis, une église accapare la vue. N'eût été son architecture, on pourrait la croire intégrée à Robert-Debré. Mais la disgracieuse Marie-Médiatrice-de-Toutes-les-Grâces a été bâtie au lendemain de la Seconde Guerre mondiale. Délaissée par les paroissiens à cause du périphérique, bientôt fermée, elle a été à nouveau ouverte quand l'ouverture de l'hôpital a ramené les ouailles dans les parages. Devenue alors le sanctuaire de Notre-Dame-de-Fatima, elle se singularise par un campanile haut de cinquante-huit mètres, un baptistère à l'extérieur, une façade en béton recouvert de brique, franchement moche, ce n'est pas une question de goût. Ce n'est pas non plus une raison pour ne pas y entrer.

Le visiteur et le fidèle sont accueillis par un avis en lettres capitales. SILÊNCIO. Traduction superflue mais occasion de découvrir l'accent circonflexe en portugais. On avance dans une large nef à un seul vaisseau bardée de vitraux. À droite de l'autel, une crèche attend l'Avent pour se peupler. À gauche, deux statuettes vêtues d'étoffes pastorales sont perchées sur une étagère ; ce sont Francisco et Jacinta, qui ont vu, de leurs yeux vu, la Vierge descendre sur la prairie où ils gardaient les moutons un jour de mai 1917. Quand on se retourne pour sortir, on a sous les yeux la même horloge que dans les studios de France Inter.

En face de Marie-Médiatrice-de-Toutes-les-Grâces, un grand portrait bleuté d'Édith Piaf signale la résidence Édith-Piaf qui est plus prosaïquement une maison de retraite. On passe ensuite devant la station de métro Pré-Saint-Gervais, classée 301e sur 302 pour la fréquentation (seule Église d'Auteuil, je l'ai lu, fait moins bien). Au vu des ensembles d'immeubles, le résultat surprend. Autre surprise, une plaque RUE DE MOUZAÏA est apposée sur un tronçon du boulevard Sérurier, à moins qu'un détail ne m'ait échappé. En revanche, je ne rate pas l'abri Autolib', bourré de matelas, de couvertures, d'oreillers, crasseux.

Voici donc le parc de la Butte-du-Chapeau-Rouge. Le souvenir de Jaurès reste vif, cette photographie où on le voit hissé sur le plateau d'un camion, tenant la hampe d'un drapeau qu'on devine rouge, coiffé de son chapeau melon. C'est donc ici qu'il a prononcé son discours devant cent cinquante mille personnes venues écouter ce que les socialistes français et allemands avaient à dire sur la loi de trois ans et la paix. André Breton était là, impressionné par « le drapeau rouge, tout pur de marques et d'insignes, je retrouverai toujours pour lui l'œil que j'ai pu avoir à dix-sept ans, quand, au cours d'une manifestation populaire, je l'ai vu se déployer par milliers dans le ciel bas du Pré-Saint-Gervais », impressionné au point de le rapporter trente ans plus tard, non sans ajouter qu'il avait frémi à la vue des quelques drapeaux noirs parsemés dans la foule. Le nom du parc ne vient pas du chapeau de Jaurès mais d'une ancienne guinguette. On est aussi ému par ses essences remarquables, notamment des oliviers de Bohême, des tulipiers et des arbres aux quarante écus, à la ramure basse et large. En revanche, on est nettement moins ému devant les sculptures néo-classiques, *Ève*, au-dessus de la fontaine, surtout vue de dos, et *L'Enfance de Bacchus,* sans commentaire. On sort du parc par l'avenue Debidour. Le nom intrigue, la plaque n'apporte aucune précision. En fait, rien n'empêche de penser que Debidour, un historien, était là, lui aussi, pour écouter Jaurès. Et on comprend que les services municipaux se soient dispensés d'indiquer ses prénoms. Élie Louis Marie Marc Antonin.

Le lycée Diderot est un lycée polyvalent, ce qui semble la moindre des choses pour Diderot. C'est une espèce de cargo à la coque noire et on embarquerait volontiers pour jauger un moment les ponts et les coursives. Il a été édifié sur le site de l'ancien hôpital Hérold quand ses anciens locaux, boulevard de la Villette, ont été barbotés par une École nationale d'architecture. À défaut d'y mettre les pieds, je découvre la rue Francis-Ponge, un poète que j'aime beaucoup, qui fait la paire avec Diderot, une allée piétonne plutôt qu'une rue, dotée d'une double rangée d'arbres, en hommage sans doute à sa passion pour les espèces végétales.

Ensuite, le boulevard décline des rues aux noms désuet comme Prévoyance ou inusable comme Solidarité. Le centre d'animation Solidarité Angèle Mercier doit s'animer en fin d'après-midi et en soirée car les jeunes du quartier peuvent y jouer de la flûte traversière aussi bien que de l'accordéon et des studios d'enregistrement haut de gamme sont à la disposition des artistes en herbe. On espère que le nom d'Angèle Mercier ne leur est pas étranger. Entrée tôt dans la Résistance, arrêtée, déportée à Birkenau où elle pénètre avec ses compagnes en chantant *La Marseillaise*, le matricule 31851 tatoué sur son bras, elle meurt d'épuisement en quelques semaines à trente-trois ans.

Un peu plus bas, puisque le boulevard continue à descendre, Oscar Tourisme attire l'attention. À dominante verte, la vitrine annonce la couleur et l'agence soigne sa renommée en indiquant qu'elle est agréée par le ministère du Hajj. En réclame, le voyage à Makkah (La Mecque) pour tourner autour du cube noir de la Kaaba, pour un prix plus ou moins raisonnable. À défaut, le pèlerin peut toujours aller à Médine. De l'autre côté du boulevard des maréchaux, les rues ont des noms provinciaux, Corrèze, Périgueux, Toulouse, Cahors, qui dessinent les racines d'un territoire homogène. L'avenue Ambroise-Rendu, qui les relie, se contente de se faufiler entre les blocs d'immeubles. Par curiosité, j'ai cherché qui était Ambroise Rendu. Sous le même nom et le même prénom, on découvre toute une dynastie, depuis l'aïeul, pédagogue, impliqué dans l'instruction publique, grand-père du conseiller municipal parisien qui sera un ardent défenseur du logement social.

Les petits commerces connaissent un sort variable. Une boutique semble fermée à tout jamais, le rideau de fer tiré, on ira voir ailleurs pour équiper ou rénover hôtels et restaurants, peintures murales, voilages, sièges, banquettes. À cent mètres, sur le même trottoir, une autre boutique semble prospérer ; c'est un centre canin, toilettage et nutrition, des accessoires en veux-tu en voilà, cages, ballons, tour Eiffel en couleur (et en plastique) pour se faire les dents, gilets antistress. À deux pas, un prothésiste dentaire prend l'air, une cigarette entre les lèvres, sur le seuil de son atelier.

À la porte Chaumont, une boulangerie propose à ses clients, outre la baguette et la brioche, le journal *Le Parisien* comme si nous étions au village, alors même qu'on doit battre des records de nombre d'habitants au kilomètre carré (et au kilomètre cube). Si on oblique vers les boulevards où la ligne de tramway serpente, on longe le Parc du Chapeau-Rouge par le bas de la Butte et on découvre un autre ensemble qui jouxte le périphérique. De l'autre côté du périphérique, sur une extension du 20e au détriment du territoire du Pré-Saint-Gervais, on peut toujours longer la rue de La Marseillaise aménagée au moment de la construction du boulevard périphérique. Ensuite, ou auparavant, selon le sens de la balade, on déambule rue Sigmund-Freud, répertoriée voie AG/19 jusqu'en 1974. Drôle d'idée d'avoir choisi cet endroit, ou cet envers, pour Freud, en tout cas propice à la neurasthénie. Je ne suis pas sûr qu'il existe à Paris une rue plus sinistre. Quant à la rue Alexander-Fleming qui la prolonge, elle est à peine plus gaie. C'est mal récompenser le découvreur de la pénicilline.

Le dynamisme de la porte de Pantin tient à la fois au trafic automobile accru par deux tunnels routiers, à la réputation du restaurant Au Bœuf Couronné et à la Cité de la Musique, un peu moins à l'église Sainte-Claire. Morose du dehors, elle présente une élégante abside en crépi à gros grain blanc cassé et un bel autel, en mosaïque, où flâne un poisson. Il y a bien longtemps qu'on ne l'appelle plus porte d'Allemagne. Pourtant la Nationale 3 embraie plein est, au soleil levant, vers Meaux Épernay Verdun Metz Forbach Sarrebruck, puis Vladivostok.

Porte de la Villette - porte d'Aubervilliers

Ici, pour la première et unique fois, le boulevard des maréchaux et le boulevard périphérique ne sont séparés que par une bretelle d'accès et un mince rideau d'arbres. La zone d'autrefois est mince, jouxte Pantin, qui annonce fièrement son jumelage avec Moscou (un jalon entre Sarrebruck et Vladivostok).

De l'autre côté des boulevards, un terrain de beach volley avec du sable fait l'angle de la route des Petits-Ponts où se succèdent des installations sportives plus classiques puis le centre Jules-Ladoumègue qui séduit par sa légèreté, ses lamelles de verre feuilleté et sérigraphié conçue par Dietmar Feichtinger auquel la Bibliothèque nationale doit déjà la passerelle Simone-de-Beauvoir. Il faut y entrer pour voir la piste d'athlétisme couverte, les courts de squash et de tennis, le mur d'escalade, avec plus de cent voies de 7 à 12 mètres, le tout édifié sur une dalle coulée au-dessus d'un site de maintenance de la RATP. Dehors, des gamins cavalent sur un terrain de football, sans savoir que Pantin a gagné la première

Coupe de France en 1918, auréolée par une anecdote : le geste du capitaine de Lyon qui convainc l'arbitre (le bien nommé M. Bataille) de revenir sur sa décision d'expulser le gardien de Pantin pour un vilain crochet du droit, et Lyon perd trois buts à zéro.

À l'ouest du stade, je découvre la rue Centrale Lafarge, un rare exemple, je suppose, de dénomination d'espace public accaparée par le privé. La rue est une impasse qui ne conduit nulle part ailleurs qu'aux cimenteries, aux bétonnières et aux camions toupies prêts à livrer leur contenu, à un grand rectangle gris anthracite. On le voit mieux côté canal, doté d'une embrasure et d'une rampe au bout de laquelle une grue verse les matériaux dans les chalands. À l'est du stade, le tramway dessert les stations Delphine-Seyrig et Ella-Fitzgerald, deux grandes dames, à la voix envoûtante, qui font la paire, deux femmes sublimes séparées par le canal de l'Ourcq. Seyrig en mission dans ce quartier, postée entre Courtepaille et Renault, donne son nom à l'élégante résidence étudiante aux cubes empilés selon un équilibre précaire et aux loggias en bambou. Quand on franchit le canal de l'Ourcq, BNP PARIBAS et HÉRACLÈS s'inscrivent à l'horizon, autant que les majestueux Grands Moulins de Pantin, reconvertis en bureaux, dont la rénovation a heureusement conservé les tours et les toits. Ella, la reine du scat, veille sur les lignes du chemin de fer et sur la Halle aux cuirs, l'ancienne halle où les peaux venaient tout droit des abattoirs, remplacée par la première école du cirque animée par les Fratellini, devenue un lieu de résidence pour artistes et pour des compagnies de danse ; le matin où je passe, j'aperçois une vingtaine de danseuses qui répètent la scénographie d'un ballet. Puis, là où les boulevards se dissocient à nouveau, une espèce de yourte bleu cobalt campe en solitaire. C'est l'Espace périphérique, dédié au cirque et aux marionnettes.

Repartant de la porte de Pantin, on longe la Cité de la Musique. Il y a ce qu'on en voit, au plus près, depuis les maréchaux déserts, sous un angle singulier. En premier lieu, la Philharmonie, qui tient du vaisseau spatial et du grand cachalot gris, d'un entrelacs de formes au goût d'inachevé, voire bâclé au grand dam de Jean Nouvel, furieux que le temps politique se soit imposé au temps architectural, pas consolé pour un sou que ce fût déjà ainsi à l'époque de Louis XIV et Lully, triste de voir ses oiseaux métalliques déjà dégommés en plein vol, affligé que le bâtiment soit gagné par la rouille, pas le moins du monde réconforté par l'allant des visiteurs qui escaladent cette butte et la redescendent par un chemin qui serpente sur le versant nord. Puis il y a le Zénith ; de loin, on dirait un village de tentes mongol ; il accueillera les épreuves d'haltérophilie lors des Jeux olympiques. Le voyage peut continuer.

Passé le canal de l'Ourcq, on se retrouve du côté Sciences et Industrie. Posé sur un toit, un cheval rouge rappelle peut-être l'époque de l'hippodrome et, en tout cas, signale le Poney club. Quant à la Géode, on sait à quoi elle ressemble, un dôme en acier poli qui réfléchit la lumière et donne un effet miroir splendide. On dirait une boule, comme tombée du ciel, qu'on imaginerait prête à rouler lentement ou à nager dans le bassin où elle se reflète. Je ne savais pas comment elle avait failli se nommer. Bouboule, Minouchette, voilà à quoi nous avons échappé.

Après un bref glacis, on arrive porte de la Villette. Là, on est frappé par une cohue soudaine, zone grise sans frontière ni continuité avec le parc de la Villette, sorties du métro peu visibles, foule disparate qui va je ne sais où mais qui y va d'un pas décidé. Pour ma part, j'emprunte par devoir l'avenue de la Porte-de-la-Villette, jusqu'à l'entrée de PARIS EVENT CENTER, dans cet anglais un peu désespérant, qui ne donne pas envie d'entrer ; de toute façon, l'entrée est fermée au public. Alors je prends à droite dans la rue du Chemin-de-Fer, encore pavée à l'ancienne, où le sable brille entre les pavés. D'un côté, un square d'herbe rase est occupé par des jeunes désœuvrés, uniquement des garçons, assis ou bien debout, l'air plutôt morose, même celui qui décrit des huit avec un vélo, pour l'essentiel des Africains. De l'autre côté de la rue, une vieille palissade en ciment, saturée de tags, est surmontée de barbelés. Un peu plus loin, sous un pont où l'odeur d'urine est fétide, on peut lire que ce site public est placé sous vidéosurveillance. Le coin est sordide et le retour sur la grande place, à hauteur des accès au périphérique, serre le cœur. Ce ne sont qu'ordures, détritus, qui jonchent le sol, alors même que les poubelles sont vides. Un peu plus loin, des vendeurs de maïs ont posé leur attirail sur le trottoir, les épis grillés sur un brasero, un tapis, une théière. Ils sont une douzaine côte à côte et cette densité étonnante doit bien correspondre à une espèce de loi de l'offre et de la demande. Les passants sont encore plus disparates qu'à la porte de la Villette, des femmes et des enfants habillés comme des princes, des ouvriers municipaux, des trimards, des zozos qui semblent se livrer à de drôles de trafics dans cette espèce de *no man's land* paradoxal.

Parmi les trafics insolites, la police vient d'arrêter à deux pas d'ici un type qui trimbalait dans un sac onze dents en or, recouvertes de terre fraîche, provenant de sépultures violées. Moins macabre toutefois que « le crime de Pantin », un jeune de vingt ans qui massacra à coups de pelle huit membres de la même famille dont six enfants et les enfouit à la hâte. L'enquête, le procès et l'exécution en place publique firent les choux gras de la presse et éclipsèrent les difficultés de la fin du Second Empire, étalant l'horreur avec une obscénité toute moderne, fascinant le pays, notamment les écrivains, même si Flaubert s'en plaignit surtout parce que l'affaire avait fait de l'ombre à la sortie de son roman *L'Éducation sentimentale*.

Il est temps de reprendre le boulevard Macdonald, en direction de la porte d'Aubervilliers. Longer les bâtiments vieillots de la police nationale, la Direction de la logistique, un terme un peu pompeux pour des ateliers de réparation. Au coin du canal Saint-Denis, j'ai la surprise de voir une vieille borne de police-secours comme je n'en ai pas vu depuis très longtemps, désaffectée évidemment, mais toujours là. Le canal franchi, je descends sur le quai du Lot. Le campement de tentes a été évacué au printemps dernier, après que les réfugiés eurent grelotté tout l'hiver, Érythréens et Éthiopiens de ce côté, Soudanais en face, selon cette nouvelle géographie terrible. Le cadre est désormais seyant. Sur le ring de la salle toute neuve de l'Apollo Sporting Club, deux partenaires enchaînent coups et esquives. À l'entrée, une image murale d'Ali et une citation donnent le ton : « J'ai détesté chaque minute de mon entraînement, mais je me suis dit : "N'abandonne pas, souffre maintenant et vis le reste de ta vie comme un champion." » Cent mètres plus loin, les élèves de l'école voisine ont planté un arbre de la laïcité. L'horizon s'élargit, sur le périphérique et sur le bassin d'Aubervilliers. Une aire de pique-nique avec bosquets d'arbres a été aménagée devant Le Millénaire, une immense galerie commerciale destinée à drainer l'armada des consommateurs. Les édiles ont donné le nom de Guy-Debord à l'allée qui la borde, afin qu'on n'oublie pas que le spectacle est le stade ultime du fétichisme de la marchandise.

Je n'en ai pas fini avec les surprises onomastiques. Skanderbeg (un rond-point), Anaïs-Nin (un jardin). Pas fini non plus avec, dans le jardin, ce qui est sûrement une nouvelle œuvre d'art dispensée aux citoyens : des tiges en acier tordues et coiffées, à environ trois mètres d'altitude, de figures habituées aux manèges forains, un cheval, un cochon, un cygne, un carrosse, une automobile, voire un éléphant au coin des maréchaux. Au moins, on les remarque. Skanderbeg, je le connais depuis bientôt cinquante ans ; héros national albanais qui fut au XVe siècle le défenseur de la chrétienté dans les Balkans après avoir renié l'Islam et qui a fondé le village de Piana degli Albanesi, sur le haut-plateau sicilien, où nous avons passé deux très beaux étés avec nos tout jeunes enfants. Nin est l'amoureuse de Henry Miller et une pionnière de la littérature érotique. Est-ce l'influence d'Anaïs, on découvre au carrefour du boulevard Macdonald une boutique de lingerie-bonneterie. Outre les soutiens-gorge et les culottes, la vitrine offre au regard des guêpières, des nuisettes, la promesse de déstockage de grandes marques, la vente en gros.

Macdonald est d'origine écossaise, son nom francisé, le seul à être fait maréchal sur un champ de bataille, à Wagram. Le portrait qu'en fit son aide de camp, le comte de Ségur, met en avant sa bienveillance, sa tendresse, sa gaieté, sa loyauté ; à Leipzig, sous le feu, il traversa à la nage la même rivière que Poniatowski mais, lui, il s'en sortit. Et s'il ne courut pas après les honneurs, ni sous l'Empire ni sous la Restauration, il les accepta.

Entre le canal et la porte d'Aubervilliers, le boulevard s'est métamorphosé. D'un côté, la très longue barre des anciens entrepôts Calberson a été transformée en un « lieu de vie » avec une école, un collège, des logements, beaucoup de grandes enseignes et quelques petits commerces, un passage vers le Paris *intra-muros*, rassemblés sous la houlette de Rosa Parks. La question n'est subsidiaire qu'en apparence mais on peut se demander quelle est la part des passants qui savent qui elle est, quel fut son geste et quel combat elle a incarné. De l'autre côté du boulevard, au début des années 1910, ce n'était qu'une friche depuis que les pelleteuses avaient rasé les murs de l'hôpital Claude-Bernard, spécialisé dans le traitement des maladies tropicales et des maladies infectieuses contagieuses. Désormais, des rues encore sans âme l'ont remplacée. Les noms de Chana-Orloff et Lounès-Matoub témoignent d'un esprit de symétrie. Orloff est une sculptrice française et israélienne qui a représenté notamment des maternités. Matoub est un musicien kabyle et algérien qui a lutté par ses chansons et ses prises de position laïques et démocratiques ; il a donné son dernier concert tout à côté, au Zénith, en janvier 1998 et il est mort assassiné dans des circonstances demeurées peu ou prou mystérieuses. Sans coup férir, il avait déclaré : « Quel que soit le nombre d'étoiles qu'ils feront tomber, le ciel ne bougera pas. »

Un embryon d'âme leur viendrait du cinéma UGC, quatorze salles, belle allure de lanterne magique, surtout la nuit. Du square, où vous trouvez deux points d'eau, un édicule de toilettes publiques, des espèces variées, bouleaux, fougères, arbres à perruques qu'il faut voir à l'automne pour leur feuillage pourpre éclatant, des jeux, mais assez peu de monde comme d'habitude. Et de cette forêt dite linéaire, tout juste plantée le long du périphérique, dont le bilan en quelque sorte préalable révère les 300 mètres de promenade, les 12 800 plantes vivaces, les 3 000 arbustes et les 800 arbres, mais pour quelle vie sociale ?

Porte de la Chapelle

Par scrupule, je voudrais arpenter l'avenue des Cultivateurs indiquée sur mon plan de Paris. J'arpente plutôt les alentours. Zéro cultivateur, zéro culture, aucune trace d'activité agricole ni même de jardin ouvrier dans le coin. L'avenue, si c'était une avenue, est fermée par un muret en parpaings. Des panneaux de réclame proposent des terrains à louer. Une voie parallèle qui se termine en boucle au milieu de nulle part longe des terrains qui tiennent à la fois du dépôt et du dépotoir selon une logique peu évidente.

Retour à la porte d'Aubervilliers, je me trouve donc à la limite du 19e arrondissement dont je sors et du 18e où je pénètre, une limite imperceptible, au moins pour l'instant. De longues barres d'immeubles semblent conserver la fonction d'entrepôt. Ici on peut louer « 1 pièce de 1 à 50 mètres carrés », des boxes, des locaux. Un peu plus loin, un garage Speedy prend soin de votre embrayage, de vos amortisseurs et de vos courroies de distribution, ce qui a son utilité.

Entre les maréchaux et le périphérique, on retrouve les ensembles d'immeubles et l'urbanisme disparus depuis le boulevard Sérurier. Au bout de la rue Charles-Hermite, les élèves du lycée Camille-Jenatzy sont en cours ou à l'atelier. Lycée professionnel, il a pour spécialité la « maintenance » des automobiles et il forme les futurs garagistes de toute l'académie. Jenatzy est le nom d'un ingénieur et coureur automobile, le premier à avoir franchi, en 1899, le mur des 100 kilomètres/heure, à bord de la Jamais-Contente, un véhicule électrique qui avait la forme d'une torpille, avant de franchir le mur des 200 dix ans plus tard à bord d'une Mercedes, puis de mourir d'un coup de fusil malencontreux lors d'une partie de chasse au chevreuil.

Quant à Charles Hermite, c'était un mathématicien, spécialiste de la théorie des nombres et des fonctions elliptiques, mort juste après que Jenatzy eut franchi le mur des 100 km/heure, sans que les deux événements eussent un quelconque rapport. Le quartier est propice aux mathématiciens puisqu'on se retrouve aussitôt rue Gaston-Darboux, fondateur du *Bulletin des sciences mathématiques* puis président du Bureau central météorologique. Visiblement, les deux profils ne se ressemblent guère, les rues si. Pour leur tenir compagnie, deux chimistes complètent le tableau. Charles Lauth a inventé un colorant violet qui porte son nom (donc le violet de Lauth). Gaston Tissandier est moins attiré par les colorants que par les airs, mais la chimie le porte vers la météorologie lui aussi et dans les airs, aéronaute présentant un impressionnant palmarès d'ascensions où on remarque le Pôle Nord qui n'est toutefois que le nom du ballon. Émile Bertin ferme le bal. Chacun vaudrait un roman à lui seul, y compris Hermite dont la vie se résume à l'austère magie des équations algébriques, Bertin un peu plus que les autres si on aime les vies romanesques, même si sa rue compte tout juste cinquante mètres et trois porches en tout et pour tout. Alors que sa mère tient une mercerie à Nancy, il se lance dans des études navales, tout en rédigeant une thèse de droit, *La Possession des immeubles*, si claire et si bien écrite que le président du jury le supplie d'oublier la mer, en vain, car il se passionne pour la ventilation et la sécurité des bateaux. Il invente aussi la cuirasse pour les navires de guerre, le caisson pour le cloisonnement des navires de commerce, de sorte que l'ambassadeur du Japon transmet de la part de l'empereur une invitation qui ne se refuse pas. Bertin part donc en 1885 avec sa femme et ses trois enfants pour mettre à flot la marine japonaise, il a le rang de *shokunin*, le plus élevé dans la hiérarchie, il lance des navires et édifie des arsenaux, préparant ainsi les victoires retentissantes contre la flotte chinoise puis contre la flotte russe. Lors de son séjour, il est le seul étranger à disposer d'une garde d'honneur en grande tenue devant son domicile et il repart avec la Grand-Croix de l'ordre du Soleil Levant. De retour au pays, il crée encore le premier centre de recherches hydrodynamiques, boulevard Victor où nous passerons dans quelques étapes.

Je m'égare un peu et je ne sais plus dans laquelle de ces quatre rues j'aperçois une vieille femme penchée à la fenêtre comme sa grand-mère dans les années cinquante, sinon qu'il n'y a rien à voir dans la rue. Elle a une trogne d'autrefois, comme Popeye ou une toile de Frans Hals, elle fume, elle jette son mégot par la fenêtre, elle semble considérer gravement les affaires du monde. Dans le même périmètre, je passe devant la chapelle Saint-Pierre-Saint-Paul, construite avec les mêmes matériaux que les immeubles voisins, deux fidèles ou deux démunis assis sur le perron ; un hangar où affluent des skateurs d'âges divers aspirés par « le temple de la glisse », le plus vaste de toute la France avec plusieurs *bowls*, un lieu lumineux grâce à un plafond en plexiglas et poutres en bois : le Centre sportif des Fillettes.

La station de tramway Colette-Besson évoque les Jeux olympiques de Mexico, la petite fiancée de la France dans un style aujourd'hui un brin désuet, couronnée sur le 400 mètres plat (et je remarque au passage que la précision « plat », qui le distingue du 400 mètres haies, s'est dissipée). Je me rappelle que le général de Gaulle versa une larme et que la petite fiancée avait une queue de cheval. Le tramway redémarre avec à-propos devant le Centre de formation et apprentissage de coiffure et d'esthétique Ambroise-Croizat qui a mis en place un partenariat avec l'entreprise L'Oréal. En face, on croise soudain des estropiés, signe qu'on vient d'entrer dans le champ d'attraction de la porte de la Chapelle. Le long des Fillettes, la mairie a installé un lavabo d'une dizaine de robinets, où trois malheureux se débarbouillent. Le trottoir est encombré de détritus, cartons, sacs plastiques, petit cheval à bascule violet, nippes accrochées aux grilles du stade. La crasse attire des pigeons à poitrail violet qui en rajoutent. Un îlot d'herbe et d'arbres est entouré d'un grillage assez haut pour empêcher quiconque d'y pénétrer. Je demande à deux policiers qui déambulent dans les parages en arme et en gilet pare-balle s'ils savent pourquoi ; le premier me dit qu'il ne sait pas ; le second me répond : parce que les gens mangent les arbres.

Au coin de la porte de la Chapelle, le centre ouvert pour les immigrés a fermé. En revanche, on peut entrer au bowling dès dix heures le matin et y rester jusqu'à deux heures le lendemain matin, rien qu'en semaine. Si l'entrée est improbable et bien gardée, l'intérieur est reluisant, ciré comme il se doit, vingt-quatre pistes, sans compter une grande salle de billard, des baby-foot, « à découvrir à partir de cinq ans ». De là on peut se diriger vers Saint-Denis et la bretelle d'accès au boulevard périphérique intérieur, ce que la presse a nommé la colline du crack, par un étroit chemin piétonnier, asphalté, défoncé, parsemé de culs-de-bouteille, où on croise des individus, nos frères, à la démarche hésitante. Sur le talus complètement râpé, j'observe des tentes, des bâches, des plaids, des sacs de couchage, des couvertures de survie, des carcasses de frigos, mais aussi des vélos et des scooters, des ombres qui gravitent au milieu de tout ça, tout un étrange tableau vivant, et si on se retourne on aperçoit encore le dôme du Sacré-Cœur qui n'en finira jamais d'expier, par sa laideur, les crimes de l'humanité souffrante.

L'impasse Marteau se situe derrière la colline. J'ai eu la chance de tomber sur une carte postale du début du siècle (le XXe) ; on y voit un beau café qui fait le coin, une terrasse, des tables et des chaises, l'indication TÉLÉPHONE peinte sur la vitre, une lanterne et un balcon en fer forgé au premier étage, des arbres, des trottoirs, des carrioles et des chevaux attelés aux carrioles, des landaus, des femmes en robe et des hommes en panama, beaucoup d'enfants, peut-être le propriétaire des lieux, M. Marteau, les reliefs d'une vie sociale ardue, on le sait bien, mais réglée par un minimum d'harmonie. À la place du café, un hôtel Ibis héberge des touristes pas vraiment cousus d'or dont on peut se demander l'impression qu'ils conserveront de leur séjour. Sur la façade, un grand panneau publicitaire jaune moutarde invite à TE FAIRE LA MALLE À PARTIR DE 34,99 euros POUR VENISE. Une fois passé sous le tablier de l'autoroute, un autre panneau aussi monumental et aussi surréaliste suggère que LE NOUVEAU LUXE C'EST HABITER AUTREMENT. En attendant, le centre de lavage pour autos, ouvert 24 heures sur 24, nage dans la mousse et ne désemplit pas.

Au retour, on repasse devant la colline au crack, le « pré » que Jean Rolin a vu au début du siècle (le XXIe) quand il arpentait le périmètre pour écrire *La Clôture*, mais il y a belle lurette que les jonquilles qui l'ont frappé n'y poussent plus et ne servent plus de marchandise aux maraudeurs qui les vendent à la sauvette dans le métro. De part et d'autre de la porte de la Chapelle, les deux tours d'une trentaine d'étages marquent l'entrée de la ville sous le slogan LIFE'S GOOD qui brille tout en haut. La rue de la Chapelle commence ici et on a le sentiment qu'elle vous emmènera au cœur de Paris, sinon à Lutèce. C'est l'ancienne voie romaine, puis l'Estrée, du latin *via strata lapide*, route de pierres plates, qui mène à la basilique de Saint-Denis, la Nationale 1, qui aura scandé la grande histoire et les petites depuis l'exploit de ce martyr décapité, qui aura marché une demi-douzaine de kilomètres sa tête sous le bras. Autour de la porte, des types semblent errer, solitaires ou en bandes, traîner la nuit venue.

À ce point de mon périple, j'aspire à une halte pour souffler.

Porte des Poissonniers - porte de Clignancourt - porte de Montmartre

La curiosité et l'envie de boucler la boucle poussent à repartir sans tarder. D'une semaine ou d'un mois à l'autre, la porte de la Chapelle reste égale à elle-même. LIFE'S GOOD veille sur nous, le bowling et la colline au crack font recette, la détresse des migrants est un puits sans fond. Leur vitalité aussi, heureusement, et les peuples finiront bien par comprendre que l'histoire de l'humanité est faite – depuis la préhistoire – de migrations.

Des deux côtés des maréchaux, on est frappé par une sensation de vide. Les bulldozers ont rasé le bâti ancien et fait place à un chantier, qui avance au rythme des chantiers, c'est-à-dire lentement sous un certain angle, vite sous un autre qui verrait les choses avec un certain recul. Du côté de la ville, une ribambelle de grues s'élèvent derrière une palissade impénétrable ; du côté de la banlieue, un immense terrain vague, jonché de décombres et truffé d'excavations qui dessinent un paysage idéal pour des étudiants en géologie ou pour un cinéaste rêvant d'une nouvelle version de *Touche pas à la femme blanche !* tourné naguère dans le trou des Halles, sachant que les chercheurs de trésor ont dû ratisser le terrain avec leurs détecteurs de métaux depuis une paye.

Au-dessus du passage souterrain où il vaut mieux respirer en apnée, les voies de chemin de fer conduisent les voyageurs à Drancy et Amsterdam, à Aulnay et Bruxelles aussi. Au-delà, on découvre la porte des Poissonniers. On la découvre parce qu'on ne la connaît pas forcément, même si on connaît la rue du même nom, et si on a lu, un jour, que c'est par ce chemin-là que les poissons de la mer du Nord arrivaient aux Halles. Cependant, la porte n'a pas les attributs d'une porte ; pas la moindre rupture en effet entre la ville et la banlieue, pas d'accès au boulevard périphérique, mais surtout pas de café, pas de boulangerie ni de pharmacie, aucun commerce à l'horizon, pas grand monde non plus (c'est une litote) bien qu'elle accueille le bâtiment de Pôle Emploi où les agents reçoivent sur rendez-vous l'après-midi. Au coin, une plaque de marbre a été apposée à la mémoire de Pierre Gallot, cheminot, mort dans les combats de la Libération, un gamin de dix-huit ans selon le dictionnaire Maitron. Une fleur est glissée sous la plaque ; elle est complètement desséchée. En face, une inscription taguée sur un mur fait diversion. Je ne résiste pas à la tentation de la citer. « Une frite si elle a pas de mayo, elle peut pas aller à la piscine. »

Le boulevard Ney est le plus long des boulevards extérieurs. Trois kilomètres à lui tout seul par je ne sais quel découpage et quelle préférence ratifiés par Napoléon III dans le décret du 2 mars 1864. Ney était un rouquin, infatigable, « brave parmi les braves », souvent décisif dans les batailles décisives, Ulm, Austerlitz, Eylau, Friedland, réputé pour sa détestation de Soult et Masséna qui lui vaut ma sympathie, blessé d'une balle dans le cou à la bataille de Borodino, fait sur-le-champ prince de la Moskowa, commandant l'arrière-garde lors de la retraite, à pied parmi ses soldats dans son manteau en peau de vache jaune pâle, emportant la victoire de la Bérézina car la Bérézina fut une victoire sur le terrain avant de devenir une déroute dans le dictionnaire par la faute de la téléologie, le premier à vouloir empêcher Napoléon de revenir pendant les Cent-Jours, le premier à le soutenir après l'avoir rencontré, une attitude qui lui vaudra un procès lors de la Restauration, mais comme il a refusé de fuir il est condamné à mort par les pairs, donc par ses pairs maréchaux, à l'exception de Davout (qui remonte dans mon estime), jouant de la flûte dans sa prison avant d'être fusillé, avenue de l'Observatoire, refusant qu'on lui bandît les yeux, lançant aux douze hommes du peloton chargés de tirer : « Camarades, tirez sur moi et visez juste ! »

Si on suit le boulevard, on longe un entrepôt transformé en centre d'hébergement pour les demandeurs d'asile. Si on suit l'avenue de la Porte-des-Poissonniers, on tourne à gauche dans la rue Jean-Cocteau dont le nom détonne un peu ici, entre la frite mayo et l'Institut socioculturel des musulmans qui abrite une mosquée où la foule se presse le vendredi. Dans le prolongement, la rue Francis-de-Croisset nous transporte devant un bout de la Sorbonne. Annexe, mais Sorbonne quand même, reconstruite à neuf, en « polycarbonate alvéolaire », couleur jonquille, avec ses études de langues et de sciences humaines, tout un étage dévolu à la musicologie et son flux d'étudiants qui donne de l'air au quartier. À côté, le lycée Rabelais, moche mais « polyvalent », c'est bien le moindre pour celui qui a rédigé la lettre de Gargantua à Pantagruel, prépare les élèves au paramédical et au social. Le restaurant universitaire du CROUS prend le relais ; il fait face à la cité de la rue Ginette-Neveu et à un parking à ciel ouvert pour autocars et camionnettes venues livrer leur marchandise au marché aux puces. Traverser l'avenue de la Porte-de-Clignancourt vous met de plain-pied dans les prémices du marché avec les étals de la place Django-Reinhardt, la guitare du manouche après le violon de Ginette Neveu qui excellait aussi dans la rhapsodie tzigane.

Il y a en permanence beaucoup de monde sur le trottoir où on se bouscule bien qu'il soit large, des passants, des commerçants et des clients, des vendeurs à la sauvette qui n'ont pas propension à se sauver, des camelots plutôt flegmatiques. Et puis il y a une espèce de miracle à ne pas laisser échapper, l'entrée sur le « 7 à 37 », des immeubles qui sont comme un décor de théâtre, en brique jaune paille, les cheminées délicatement posées sur le toit, un jardin en avant-scène. Beaucoup de véhicules aussi sur la chaussée, la porte presque toujours encombrée, la bousculade sur les passages « cloutés », la Brasserie Royal Clignancourt et le Tabac Clignancourt qui disent bien où on se trouve. À la sortie du métro, la Recyclerie sort du lot et se présente en « écoptimistes du 18e ». Poussons la porte ; on a d'emblée le sentiment de pénétrer dans un lieu qui nous reporte dans des temps anciens, avec ses tables de bois et ses tables de formica, avec ses chaises disparates, ses bergères de velours et ses canapés de cuir défraîchis, avec ses plats et ses portions généreuses, un lieu qui vous propose un « atelier recyclage de chemise », qui met à votre disposition un atelier de réparation, des outils en libre-service, scies, tournevis, marteaux, niveaux, clés anglaises, etc., des livres si besoin. Au fond, quelques marches conduisent à une terrasse qui surplombe la Petite Ceinture, puis un escalier descend sur une bande de terrain parallèle à la voie, avec des bancs pour s'asseoir, un jardin potager, des clapiers à lapins, un coin pétanque, des composts, des poules, une impressionnante variété de pondeuses, noires, grises, Sussex, rousses, blanches, et même coucou avec son costume prince-de-galles. Repoussons la porte pour sortir ; l'écoptimisme descend d'un cran.

Les numéros impairs du boulevard Ney sont côté intérieur. En direction de la porte de Montmarte, on repère en chemin une boutique peinte en vermillon qui propose du vitrage contre le vol et les agressions ; la villa des Tulipes, une espèce de boyau tracé entre la Petite Ceinture et une impasse surélevée au-dessus des maréchaux ; le bar-restaurant Jupiter qui vous propulse dans le monde méditerranéen des années cinquante ; un mur de briquettes rose pâle haut de six étages où je discerne les lettres de MOBIL OIL.

Côté extérieur, un local offre aux sans-domicile la possibilité de retirer leur courrier gardé sur place pendant trois mois. Quant aux ensembles d'habitation, ils sont l'autre face du décor esquissé par le « 7 à 37 ». À n'en pas douter, c'est le plus bel ensemble que j'aurai vu dans la zone. Il date de l'entre-deux-guerres, il a été rénové et ravalé à l'occasion des travaux nécessités par le tramway. Les rues ont des noms qui sont parfois des énigmes, parfois des souvenirs. Sans me perdre dans une exhaustivité déraisonnable, je note au passage un Schneider secrétaire général de l'office HBM, un Flammarion astronome, un Sembat ministre socialiste, un Binet architecte orientaliste, un Labori avocat qui me rappelle au détour l'affaire Dreyfus et, de fil en aiguille, qu'il a obtenu l'acquittement d'Henriette Caillaux, la femme du ministre, qui avait quand même assassiné le directeur du quotidien *Le Figaro* dans son bureau, en plaidant le crime passionnel. Comme toujours, ces profils un peu oubliés donnent à la balade un tour inattendu.

La porte de Montmartre n'a pas davantage d'accès au périphérique que la porte des Poissonniers mais l'avenue de la Porte-de-Montmartre est vivante et agréable. Une boutique vert perroquet, « Ma plume est à vous », propose les services d'un « informateur et médiateur social ». Un café littéraire associatif a choisi de se nommer Le Petit Ney et de se doubler pour les enfants d'un Poussiney. Le restaurant Jazz Y Jazz apporte une note musicale bienvenue.

Puis, les immeubles neufs de la rue Binet ont des drôles de rideaux argentés. La plaque de la rue Maurice-Grimaud ajoute à la mention « préfet de police » une précision sur le mode d'un passé simple plutôt inhabituel et sans doute pas si simple : « sa fermeté et son sens du dialogue permirent d'éviter que les événements de Mai 1968, parfois violents, ne dégénèrent ». Au coin de la rue, un coursier téléphone sur son scooter devant le siège de Radio Nova, un groupe de mères et un père attendent leurs enfants devant deux écoles en bel habillage de bois sur la place Françoise-Dorléac. L'avenue de la Porte-de-Montmartre se termine au périphérique. Sous le pont, des deux côtés de l'avenue, se tient trois jours par semaine le marché des biffins, à savoir les chiffonniers, présenté comme un marché social de la récupération. La marchandise la plus commune est la chaussure, qui va rarement par paire. Derrière le périphérique, la rue Jean-Henri-Fabre court depuis la porte de Clignancourt. Elle est vouée aux puces, sous l'égide d'un homme qui a consacré sa vie aux insectes et à raconter ses souvenirs d'entomologiste. L'échoppe LE MONDE DES AFFAIRES est à elle seule tout un programme.

En remontant vers les maréchaux, la bibliothèque Jacqueline-de-Romilly convoque le monde grec classique ; la lumière l'inonde par des baies vitrées qui, malheureusement, ne peuvent pas être ouvertes et la transforment en étuve. En face, l'aimable Comptoir du parasol ne suffirait pas à résoudre le problème. Reprenant l'interminable boulevard Ney, vers l'ouest, je vois apparaître la *skyline* de la Défense à l'horizon. Et, soudain, des immeubles comme on en voit dans les beaux quartiers, en pierre de taille, avec une porte d'entrée en verre et fer forgé, des bow-windows, des décorations sur la façade, mais isolés. Le 105 et le 113 sont ainsi comme des buttes-témoins de l'urbanisme parisien. Il y aussi le café L'imprévu, le tabac Le Rallye, des clients en pleine discussion attablés devant des menthes à l'eau, une empreinte dans un mur, SERRURERIE, qui date au moins du XIXe, à moitié effacée.

Les numéros pairs prolongent ce décor de théâtre. À l'arrière de la scène, la rue Jean-Varenne présente une topographie insolite, en croisillon. Conseiller municipal socialiste, Varenne fut à la fois un farouche adversaire de l'absinthe, un ardent défenseur du patrimoine et le promoteur de projets utopistes destinés aux populations modestes comme « la cité heureuse » du boulevard Ney. La rue Henri-Huchard, cardiologue, médecin d'un dévouement exemplaire lors des épidémies, témoigne qu'on arrive dans les parages de l'hôpital Bichat. La rue Nerval, lugubre, le confirme. Huchard réussit la prouesse de s'étendre de part et d'autre de l'hôpital. L'ombre de Nerval plane sur la Maison du docteur Blanche. Je passe mon chemin.

Porte de Saint-Ouen

Queneau est chez lui porte de Saint-Ouen. Avec son poème *Saint-Ouen's Blues*, ce mélange de mélancolie et de drôlerie qui lui colle à la peau, il donne un joli coup de badigeon au faubourg. D'ailleurs, à deux pas, le stade Bauer déploie ses fastes. Il existe depuis 1909 et le Red Star l'inaugura contre une équipe anglaise au nom délicieux de Old Westminster. Aujourd'hui, une seule tribune reste ouverte, mais on a une vue imprenable sur l'immeuble HLM contigu et, s'il fait beau, sur le Sacré-Cœur. À peine plus loin, le roman *Pierrot mon ami* se passe du côté de la porte d'Argenteuil.

Mais cette porte, vous pouvez la chercher dans les parages et sur les cartes, vous ne la trouverez pas. Elle n'appartient qu'à Queneau et à ses lecteurs. Elle est imaginaire et, justement, on s'y croirait.

L'imagination ne fait pas tout et elle reste modeste. Il s'agit d'une simple transposition qui obéit à un principe de réalité. L'action qui se déroule à l'Uni-Park de la porte d'Argenteuil est une variante du

Luna-Park qui avait élu domicile porte Maillot. Queneau fait ainsi briller les autos-tamponneuses Scooter Perdrix, le Palace de la Rigolade, l'Alpinic-Railway, le Dancing situé au coin d'une avenue de Chaillot et d'une rue des Larmes, et tout ça aux abords d'un boulevard extérieur qui résume la toponymie à l'essentiel. Quant à la chapelle en mémoire d'un prince poldève victime d'une chute de cheval, elle est dressée à côté d'une maison « louis-philipparde » et nul doute qu'elle correspond à Notre-Dame-de-Compassion, sise porte Maillot à l'époque de *Pierrot mon ami,* car tout se tient, même dans l'extravagance.

On y voit « les baraques et les jardins zoniers [qui] se multipliaient, et dans les terrains vagues des énergumènes [qui] découvraient les sports ». Dans le prolongement de la porte, Queneau accorde une place singulière au pont d'Argenteuil. Il a déjà connu son heure de gloire, le pont, dans la peinture impressionniste. Venu en voisin, Monet l'a peint sur le motif, dans tous ses états, après qu'il avait été détruit lors de la guerre de 1870 ; que ce soit la passerelle qui l'a remplacé, le pont en réparation, le pont un jour gris, le pont tout court. Illuminées par le soleil, quand il ne fait pas gris, les deux tours du poste de péage.

Le hasard fait bien les choses. Jetant un coup d'œil dans mon vieil exemplaire de ce récit de voyage précurseur, le *Tableau de Paris,* pour voir comment Louis-Sébastien Mercier avait procédé, j'ai le plaisir de lire qu'il considérait « l'avoir fait avec [*ses*] *jambes* ». Je découvre ainsi un collègue, un frère d'armes qui revendique l'héritage génial de Gassendi ; pour mémoire : « je me promène, donc je suis ». Il marche, il arpente les rues de la capitale, et à ses observations concrètes qui recoupent notre sujet précis (« on n'entre, on ne sort que sous des guichets où règnent des yeux d'Argus ») il joint une leçon de politique qui ne manque pas de perspicacité à la veille des événements de 1789 ni de pérennité. Le paragraphe est placé sous le signe de Juvénal – rappelons-nous qu'il s'agit d'un poète romain du Ier siècle réputé pour ses satires qui expriment une indignation devant les vicissitudes de l'Empire : « Que n'ai-je ici sa voix pour crier à ma patrie que, tant qu'elle n'immolera pas cette redoutable et cruelle finance qui fait couler dans les larges bassins du luxe le pur sang de l'État, le nombre des pauvres, qui va en croissant chaque année, laissera bientôt à sec l'agriculture, le commerce, les arts utiles et consolateurs ; si le Gouvernement n'affaiblit peu-à-peu cet *agiotage* scandaleux qui tue la morale et dessèche la subsistance du peuple ; s'il laisse la Finance concentrer tout l'argent dans les mains d'une petite portion de citoyens ; si les grands capitalistes sont les seuls qu'on considère ; si tous les ménagements sont pour eux, les princes et les sujets seront bientôt desséchés par ce corps dévorant. » Je me permets d'ajouter le paragraphe suivant. « Eh ! que fait la finance ! Elle fait vivre quelques laquais de plus, elle donne aux modes un cours plus rapide ; mais ce ne sont là que des palliatifs. Ces riches envoient leur argent aux Indes et à la Chine, et leur opulence ne tourne point au profit des pauvres qui vivent en France. Malheureux le siècle vendu aux riches, et où l'or a un pouvoir prodigieux ! »

Avant de reprendre la route, j'ouvre encore le *Journal d'un bourgeois de Paris* qui date de la première moitié du XVe siècle et, par curiosité, je regarde s'il passe par la porte de Saint-Ouen. Non seulement, il y passe, mais il évoque, par deux fois, une autre sorte de stade, un champ de bataille, à savoir un terrain où disputer un duel, à cheval, entre nobles, un combat qui pouvait durer jusqu'à ce que le soleil « ait renoncé » ; alors le vainqueur avait raison dans l'affaire qui les opposait, le vaincu était banni et ses biens confisqués. Donc, ce jeudi 11 octobre 1414, autant être précis, le duel mettait aux prises un Guillaume (breton) et un Jean (portugais) qui « se maintenait en son harnois si très légèrement, que chacun lui donnait la victoire, mais on ne peut oncques dire lequel la dut avoir au vrai ».

Une rue d'Argenteuil ne pouvait avoir échappé à Queneau qui connaissait Paris comme sa poche. Elle existe depuis 1564 et elle est située dans le quartier de l'ancienne butte Saint-Roch qui est d'origine incertaine, entre tumulus gaulois ou tas d'immondices et de gravats. Transformée en bastion à visée militaire, couverte de masures, peuplée de mendiants, de montreurs d'ours et de joueurs de bonneteau qui figurent la zone avant l'heure, la butte fut partiellement arasée par autorisation de Louis XIV et définitivement sous Napoléon III.

On apprend, on ne cesse d'apprendre, en marchant. Et, quand on arrête un moment de marcher, on a le plaisir d'apprendre en voyageant dans les livres et le temps, de croiser un instant d'autres vies. Fin de la parenthèse.

Porte Pouchet - Porte de Clichy

Si l'orée de la porte d'Argenteuil est incertaine, la porte de Saint-Ouen marque la frontière indiscutable entre les 18e et 17e arrondissements. Désormais deux sculptures symétriques en sont le signe. Implantées à l'occasion de l'inauguration de la ligne du tramway, elles figurent des panneaux et des éoliennes aux couleurs pastels, une œuvre de Bruno Peinado, révélé à l'aube du XXIe siècle par son bibendum noir à la coupe afro et au poing levé. Intrigué quand même par des objets d'art que, dans un premier temps, je n'avais même pas vus, et qui ne semblent pas susciter d'émotion particulière chez les passants, je m'approche et je peux lire que l'artiste s'est inspiré de la sonde spatiale Pioneer 10 lancée vers Jupiter en 1972, emportant à son bord une plaque d'aluminium doré où sont gravés les corps d'un homme et d'une femme, au cas où d'éventuels extra-terrestres découvriraient la sonde. Pourquoi pas.

Sur l'avenue de la Porte-de-Saint-Ouen, à côté de la pâtisserie L'Escale Douceur et des Ambulances du Sacré-Cœur qui démontrent, s'il en était besoin, la validité de l'expression « chaque chose en son temps », un magasin de pompes funèbres (et de marbrerie) brille de mille feux. Il fait face à la cheminée de l'hôpital qui domine le proche horizon depuis la porte de Montmartre. L'employé des pompes funèbres, qui grille une cigarette sur le pas de la porte, connaît bien le sujet. Il paraît que la cheminée doit être détruite sous peu et qu'on y brûlait les draps des morts. Dès les premiers mètres sur les maréchaux, on tombe encore sur une boutique de pompes funèbres (et de marbrerie), toujours Roger Marin, plus retenue, peut-être la maison mère, en tout cas en place depuis 1929, c'est précisé en devanture. En face, la Centrale Literie est ouverte depuis 1980 seulement mais elle fait 30 % de remise sur les grandes marques, y compris sur les clic-clac. À côté, l'association Écoute Habitat 17 a décoré les deux vitrines de son local et je me retrouve soudain devant les vitrines du Bon Marché dans les années cinquante avant Noël ; à gauche, devant un rideau de toile cirée blanc, il y a une banquise, un traîneau, des chiens de traîneau, des phoques, des ours blancs, toute une armada de pingouins ; à droite, sans même un rideau, un sublime paysage de montagne hivernal, avec des sapins enneigés, une patinoire pourvue de patineurs qui patinent, un petit chemin de fer qui tourne en rond, etc. ; entre les deux vitrines, une affichette fait de la prospective : nous avons besoin de boîtes à œufs (6), on comprend qu'il ne faut pas de boîtes de 12, en vue de la chasse à l'œuf de Pâques. Sinon, l'association propose des séances de soutien scolaire et d'alphabétisation, une sortie annuelle à un concert, la défense des locataires auprès du bailleur, l'office des HLM, datant de 1954 et dotés d'un beau jardin intérieur donnant sur le boulevard Bessières.

Jean-Baptiste Bessières, duc d'Istrie, était un cavalier émérite, épatant dans les Alpes comme en Égypte. Lors du 18 brumaire, il soutint Bonaparte et en fut récompensé. Maréchal, promu colonel-général de la cavalerie de la Garde impériale, il est aimé par ses soldats qui pleurent quand ils le croient mort une première fois touché par le boulet qui a tué son cheval, qui pleurent quand il meurt pour de bon emporté par un autre boulet à la bataille de Lützen. Le matin même, il éprouva un pressentiment ; il confia à son estafette la clé de son portefeuille pour qu'il lui rapportât les lettres de sa femme qu'il emmenait en campagne et qu'il relisait, parfois, et il les brûla. Napoléon lui rendit hommage en des termes choisis pour frapper les esprits des jeunes garçons entrés au lycée : « il a vécu comme Bayard, il est mort comme Turenne ». Dans la lettre de condoléances qu'il adressa à sa femme, je ne sais s'il crut bien faire en lui écrivant que, si la perte était grande pour elle, « sans doute », elle l'était davantage encore pour lui. Bien que la duchesse d'Abrantès, pourtant caustique, comparât la maréchale à une Vierge de Raphaël, et bien que le maréchal parût sage, il s'était entiché d'une danseuse de l'Opéra qui n'avait pas dix-sept ans, Mademoiselle Oreille, qui se consolera de la perte avec le duc de Berry.

Regarder l'histoire par le petit bout de la lorgnette n'empêche pas d'accorder une certaine profondeur aux anecdotes ni de retourner la lorgnette. Le quartier rend ainsi hommage à deux héros discrets de la Seconde Guerre mondiale. Blaisot, député de droite qui n'a pas voté les pleins pouvoirs à Pétain, déporté, mort à Dachau. Bréchet, résistant communiste, condamné à mort par cinq magistrats français, guillotiné, dont la dernière lettre à sa femme me bouleverse toujours autant : « Demain matin, après-demain, ce soir peut-être, je ne serai plus qu'un souvenir. Tu parleras de moi quelquefois à notre chéri, tu lui diras que son père est mort pour défendre sa vie à lui, la vie des humbles, des travailleurs… » Son fils avait douze ans, le même âge que Napoléon Bessières, le fils du maréchal, à la mort de son père.

La rue André-Bréchet longe un stade de rugby. C'est là que s'entraînent les équipes du SCUF, au bord du périphérique, un club connu parce que deux de ses cadets remettent chaque année le fameux bouclier de Brennus au vainqueur du championnat de France, privilège dû au fait que le maître-graveur Brennus avait fondé ce club dont il avait étrenné le brassard de capitaine, c'est là que je suis venu voir jouer mes fils devenus vétérans, un pilier, un deuxième-ligne, magnifiques, qui repartaient après la douche avec leurs coéquipers, traînant la jambe, jusqu'à la brasserie Au Roi du Café où ils buvaient davantage de bière que de café et décernaient une espèce de couronne au joueur qui avait tenté (mais raté) le plus beau geste du jour. En semaine, des écoliers s'ébattent sur la pelouse artificielle qui fait office de pré sous l'œil bienveillant des profs de gym et, le long de la rue, quelques retraités ou chômeurs baladent, chacun pour soi, un chien.

Un facteur à caddie finit sa tournée par les ensembles d'immeubles rue Fernand-Pelloutier et rue Louis-Loucheur, des noms qui fleurent bon le mouvement ouvrier et équilibrent les plateaux de la balance entre le propagandiste de la grève générale et l'initiateur de la loi qui favorisa et finança la construction des habitations à bon marché. La rue Francis-Garnier leur ressemble en tous points, les mêmes briques, la même population, mais un tout autre horizon, celui d'un officier de marine destiné à l'exploration du Mékong et à une mort horrible, décapité, émasculé, le cœur arraché, qui lui vaudra un monument en bronze à l'entrée du jardin du Luxembourg. La marine est le point commun entre Francis Garnier et Émile Borel dont la rue mène au nouveau siège tout en verre de la société Canon. Borel fut ministre de la Marine et aussi le pionnier de la théorie des probabilités qui pourrait mettre en équation la raison pour laquelle j'ai tourné à gauche plutôt qu'à droite au bout de la rue et qui considérait aussi rationnel de prendre un billet de loterie que de prendre un contrat d'assurance.

Quant au boulevard du Bois-le-Prêtre, il évoque, c'est assez rare pour le noter, les combats meurtriers de la Grande Guerre. Depuis la porte Pouchet, on peut remarquer des piétons empressés, l'air maussade, je parle d'expérience, ils vont chercher leur voiture à la fourrière, connaissant déjà le tarif et râlant contre l'injustice et le désagrément. Le temps de me remettre d'un mauvais souvenir, j'arrive place Arnault-Tzanck au milieu des voitures et des scooters garés autour d'un triangle de hautes herbes. Une formidable notice de dix pages de la *Revue d'hématologie* m'apprendra qu'il est né à Vladikavkaz dans une famille aisée contrainte d'émigrer à cause des pogroms, que son père s'est accompli dans la fabrication du kéfir, qu'il est devenu, lui, le père de la transfusion sanguine, contraint à l'exil pendant l'Occupation, qu'il entretint une liaison à éclipses avec mademoiselle Marie Laurencin et qu'il aimait les pâtisseries et les fromages.

Dans la ligne droite qui descend doucement vers la porte de Clichy, un afflux soudain de jeunes filles et de jeunes gens est l'indice de la proximité d'un établissement scolaire. Abrités par un bâtiment moderne, l'École nationale de commerce et un centre de formation professionnelle jouxtent les Écoles 42, écoles de la deuxième chance, ouvertes aux jeunes sans diplômes qui ont réussi l'examen d'entrée, gratuites, vouées à la programmation informatique et à l'émergence de start-up performantes qui relèvent d'un modèle économique et social pour le moins contradictoire. Au sein des Écoles 42, un musée d'art urbain est ouvert mais seulement un mardi sur deux en soirée et ce qu'on en aperçoit ne laisse pas de regret. En face, côté impair, la recyclerie sportive vient de s'installer dans les locaux d'un ancien bureau de poste. Elle relève d'une économie sociale et solidaire et se fixe pour objectif zéro déchet sportif. On y trouve des vélos rafistolés ou à rafistoler, des raquettes à recorder, des maillots usagés, des duvets, et même des ballons. Un peu plus loin, j'ai cherché le 109, je ne l'ai pas trouvé, disparu comme le bureau de poste ou rayé de la carte. Fréhel y était née, elle fut la première à graver un 78 tours, poursuivit sa carrière en Turquie, enregistra à son retour *J'ai l' cafard* auquel peut-être Queneau fit écho avec son blues, puis acheva sa carrière au cabaret Le Bosphore. Il n'y a pas de raison mais je repère coup sur coup des kebabs justement nommés Pont d'Istanbul puis Istanbul.

Les drapeaux flottent sur le parvis d'un bunker marron sans grâce. J'avais oublié que le lycée Balzac était international, qu'on y enseignait dans toutes les langues, oublié aussi que la duchesse d'Abrantès avait été la maîtresse du jeune Honoré qui lui avait tenu la plume. Les élèves qui sortent du lycée ont l'air joyeux des élèves qui sortent du lycée, insouciants malgré les soucis qui les affectent, bruyants, pressés de traverser les maréchaux pour aller se payer au Burger King un BBQ Bacon Cheeseburger ou un King Fusion Strawberry ou les deux.

Au bout de la rue adjacente, le cimetière des Batignolles semble retranché du monde. Je compte y saluer Cendrars, Verlaine et Gilles Tautin.

Première nouvelle, je l'avais également oublié, Cendrars n'est plus là mais dans sa campagne. Nous allons donc vers Verlaine. Au loin, derrière le périphérique, on peut lire sur tout un mur, en lettres immenses, RED DEAD REDEMPTION, une réclame de circonstance pour un jeu vidéo. La tombe de Verlaine est sobre ; sur le socle, des admirateurs ont déposé une poignée de marrons, une rose rouge en métal puisque pour lui les roses étaient toutes rouges, une rose délavée depuis une éternité, sous le sceau de CI-GISENT. Ils sont quatre là-dessous, le père (capitaine de génie – c'est gravé dans la pierre), la mère, Paul et son fils, DE PROFUNDIS, et soudain on entend chanter tant d'oiseaux que tous les oiseaux sont là.

Oui, « tous les amis sont là ». Et non pas « tous tes amis », comme a péroré le petit président aux obsèques grandiloquentes de Jean d'Ormesson, octroyant à une incertaine Mireille les paroles de Mme Krantz, prénom Eugénie, surnom Nini-Mouton, ancienne danseuse de music-hall, sa maîtresse, qui ne l'avait pas « dit » mais crié, pour qu'on l'entende bien, avant de vendre les porte-plumes du défunt, beaucoup de porte-plumes, et plusieurs fois son « dernier » encrier.

Il n'y a plus qu'à chercher Gilles Tautin. Il est mort le 10 juin 1968, noyé dans la Seine en voulant échapper aux CRS, inhumé ici, disparaissant une dernière fois entre des bouquets de roses et d'œillets, et je lui ai consacré naguère un long poème. Nous devons remonter l'allée centrale jusqu'à une allée transversale. Malgré les indications qu'on nous a données à l'entrée, nous errons longtemps en comptant sur le hasard et un peu sur les nombres. Une dame, qui nettoie des bruyères sur une tombe, tient absolument à nous aider, à chercher avec nous, retournant soudain récupérer son sac, nous expliquant que l'autre jour on le lui avait volé, un vol d'autant plus impensable que le cimetière est quasi désert, parlant de tout et de rien, nous expliquant que l'allée dite centrale était devenue latérale, finissant par découvrir son nom sur une dalle de marbre moucheté gris. Gilles Tautin est donc né le 21 décembre 1950. Son père s'appelait Pierre et sa mère Sultana.

À la sortie, on est vite happé par le trafic et les travaux autour de la porte de Clichy. Un ambulant fait griller des marrons et des cacahuètes sur un brasero. De l'autre côté du boulevard Bessières, une vieille dame regarde les billets de loterie qu'elle vient d'acheter avec la conviction d'Émile Borel. Elle sort du tabac La Civette. Voilà un mot, civette, plus ou moins disparu, qui désigne un tabac de qualité dont on trouve trace chez Flaubert, dans sa correspondance, qui reste à mon sens le meilleur de ce qu'il a écrit. Balzac le penserait sûrement malgré la méchanceté crasse de Flaubert qui n'y va pas de main morte : « Avant tout ignorant comme une cruche, provincial jusque dans la moelle des os, le luxe l'épate […] un immense bonhomme mais de second ordre », fermez le ban.

Porte d'Asnières - porte de Courcelles - porte de Champerret

Inutile d'être grand clerc pour comprendre que les travaux d'aménagement concernent le prolongement de la ligne 14 vers Saint-Denis au nord et que, par voie de conséquence, la station de métro Porte de Clichy changera d'allure. Elle a d'ailleurs déjà changé de nom, puisqu'elle inclut désormais la mention Tribunal de Paris qui dès son arrivée truste le lieu.

Il faut reconnaître que le tribunal de grande instance conçu par Renzo Piano, à qui nous devons déjà le Centre Pompidou, en impose. Outre la grande instance, ce nouveau palais de justice regroupe également vingt tribunaux d'instance, un tribunal de police et un tribunal des affaires de sécurité sociale (TASS), ce qui fait beaucoup. A priori on n'a pas une envie folle d'y mettre les pieds et autant l'admirer de l'extérieur. Il se présente comme une sorte de mastaba asymétrique de verre et d'acier, ou un paquebot à plusieurs ponts, comme on veut, élégant, léger, ce qui est une prouesse, sachant qu'il compte quatre parallélépipèdes, trente-huit étages, un hectare de terrasses plantées notamment de chênes verts et de bouleaux. Depuis le parvis, on voit très bien le hall, pensé d'après l'idée abstraite de transparence de la justice, mais dépourvu du côté vivant de la traditionnelle salle des pas-perdus et par force de la patine du passé, doté d'une batterie d'escalators dignes d'un aéroport ou d'un grand magasin, le monde en moins. Sur les murs du hall, on peut lire du dedans comme du dehors deux grandes phrases monumentales et imprescriptibles, qui sont bien le moins qu'on puisse attendre. TOUT HOMME EST PRÉSUMÉ INNOCENT JUSQU'À CE QU'IL SOIT DÉCLARÉ COUPABLE, reprenant à un détail près (« est » au lieu de « étant » et je trouve ça dommage) l'article 9 de la Déclaration des droits de l'homme, censé rappeler qu'on ne peut pas être présumé coupable, mais laissant planer une certaine fatalité comme si *in fine* l'homme devait un jour ou l'autre être déclaré coupable. LES HOMMES NAISSENT LIBRES ET ÉGAUX EN DROITS, au pluriel il va de soi, les droits aussi, même si le balayeur qui ramasse les feuilles mortes et les bouts de papiers traînant sur le parvis n'en a peut-être pas la même perception que le juge qui le traverse, un dossier sous le bras, après délibéré.

Sur le parvis, la Maison des avocats ne comptera que sept étages. Elle obéit au même principe de transparence et elle voudrait qu'on la voie comme

« la métaphore du métier d'avocat », une sorte de vœu pieux. Quant au terminal de collecte pneumatique qui leur est agrégé, il viendra couronner le premier quartier parisien équipé en vue de la fin des bennes à ordures et du stockage des déchets dans les immeubles, et il aura son quota de terrasses et de jardins suspendus.

Derrière le palais de justice, la rue du Bastion rappelle opportunément que nous arpentons la zone. Le saillant du bastion et le talus restent visibles et le 36 abrite la direction de la police judiciaire, habile souvenir du quai des Orfèvres. La maison Poulaga dispose d'un bâtiment plus modeste que le TGI, moins transparent aussi. Toutefois, je signale au passage, en espérant qu'elle ne sera pas débarbouillée d'ici là, une pancarte Direction police judiciaire sur laquelle un plaisantin a peint des cœurs bleu azur.

Dans le même périmètre, le théâtre de l'Odéon a ouvert ses portes au tout début du XXIe siècle, inauguré par *Phèdre* confiée à Chéreau. Je l'ai vue par je ne sais quel miracle et elle m'a plu par je ne sais quel autre miracle car, au-delà de la langue admirable de Racine, il y avait une mise en scène et des comédiens qui ont su la faire vibrer, ni trop ni trop peu. La salle a pris place dans un bâtiment des ateliers Berthier où sont entreposés les décors d'opéras, de quoi rêver, et les costumes dont j'ai raté la mise en vente pour diminuer le stock, un uniforme du Faust de 1975 pour 80 euros, une robe de la Juliette de 1982 pour 300 euros. En face des ateliers, un magasin Saint Maclou entrepose non seulement ses tapis et ses moquettes qui font partie du décor de la vie quotidienne mais aussi des papiers peints et des parquets qui ont l'ambition de certifier la réclame « Chez Saint Maclou, on fait tout pour que ce soit beau chez vous ».

Un long tunnel passe sous les voies ferrées qui filent vers la gare Saint-Lazare. À la sortie du tunnel, un rideau de fer est tiré sur la boutique LE SURPLUS DU GOLF, hors sol, vouée au déstockage, des clubs, des sacs, des chaussures, comme les costumes d'opéra ou la lingerie fine de la porte d'Aubervilliers. Un peu plus loin, le supermarché ouvert de neuf heures à vingt-deux heures trente propose aux golfeurs et aux résidents des cités alentour TOUS LES POISSONS, darnes de thiof, capitaine, crabe de Madagascar, au choix, ou les trois, et pour accompagner le poisson des oignons et des pommes de terre par sacs de cinq kilos.

Les résidents viennent de la rue Albert-Roussel qui donne dans la rue Stéphane-Grappelli. Pourquoi pas ? Marin reconverti dans l'harmonie, Roussel avait bien composé *Jazz dans la nuit* qui n'a du jazz que le mot dans le titre (je l'ai écouté) et qui tranche avec son opéra-ballet dont l'héroïne est une princesse rajpoute, suite à son voyage de noces en Inde quand il avait quarante ans. Sur les balcons et loggias des immeubles, de grandes jarres de terre cuite permettraient de ranger les oignons. Tout à côté, la voie BQ/17 a été récemment baptisée Passage de la

Hutte-au-Garde qui vous a un petit côté désuet et renvoie en effet à une hutte utilisée par les gardes-chasse des garennes royales au XVIIe siècle. Il y a belle lurette que la hutte et la garenne ont disparu et il est étonnant qu'elles aient pu se perpétuer dans les mémoires même si La Garenne-Colombes n'est pas loin. Cela dit, on peut toujours chercher les lapins.

Arrivé à la porte d'Asnières, je constate que le tramway est arrivé – lui aussi – à son terminus (provisoire) et que la station porte le nom de la pianiste Marguerite Long. Au-delà du périphérique, on découvre l'ISC ou Institut supérieur du commerce qui affiche en sous-titre Business school et compte parmi ses premiers lauréats d'Aboville qui traversera l'Atlantique à la rame, puis un centre des finances publiques blanc comme neige à l'abri derrière un épicéa, d'où les rares contribuables ont une belle vue sur les boulevards. Longeant les maréchaux depuis la porte d'Asnières, on a le regard attiré par une frise colorée qui orne le fronton d'une école élémentaire. Le fond est grossièrement peint dans le genre bucolique, les sculptures encore plus frustes, mais dans une fraîcheur joyeuse d'enfants d'avant guerre qui courent vers un drôle de brelan composé de Charlemagne, Saint Louis et Jeanne d'Arc. Tout autour, c'est le coin des peintres entre des cités HLM recouvertes d'un jus blanc inhabituel. Forain, le plus surprenant entre ses dessins satiriques et le tableau de *Madame Forain pêchant à la ligne*, Sisley le plus tendre et le plus anglais, Gauguin le plus absolu,

Pissarro le plus impressionniste, Redon le plus ésotérique bien qu'il jouât au tennis, Cormon le moins connu, dont je découvre *La Bataille d'Essling* qui précéda Wagram où Berthier reçut son titre de prince.

Berthier, j'en conviens, a toute ma sympathie. Elle remonte à l'histoire du mariage de Napoléon que j'aimais raconter à mes élèves pour alléger le cours sur le Code civil et le livret ouvrier ; c'est lui qui s'en va à Vienne épouser Marie-Louise à la place de l'Empereur et qui ramène la mariée en carrosse à la tête d'un convoi de quatre-vingt-trois voitures pour une nuit de noces restée dans les annales. En remerciement, Napoléon le marie à une princesse bavaroise de trente ans sa cadette pour fonder les bases de la noblesse impériale. Louis-Alexandre Berthier avait choisi la carrière des armes, ingénieur géographe, courageux, voire intrépide, ayant servi sous les ordres de Rochambeau en Amérique avant de servir sous les ordres de Bonaparte en Italie, bientôt comblé de faveurs (titres, châteaux, rentes) et de charges (ministre, grand veneur). Il fut à l'origine du décret instituant les maréchaux et le premier sur la liste. Mais après la capitulation, il accepta les avances de Louis XVIII, le précéda à cheval lors de son entrée solennelle à Paris, puis il le suivit dans sa piteuse retraite à Gand lors des Cent-Jours. À la fin, il se retira dans le château de sa femme en Bavière, et sa mort, défenestré, deux semaines avant Waterloo, demeure énigmatique. Accident, suicide, crime, on ne saura jamais.

Le boulevard Berthier a hébergé jadis des peintres qu'on dit mineurs sans être du dimanche, assez en vogue pour se payer des ateliers cossus, épris de la lumière qui vient du nord-ouest. Nombre de maisons ont tout d'hôtels particuliers ; ouvert sur un portail néo-gothique assez incongru, le 23 *ter* appartenait à un ténor qui avait commencé comme musicien militaire au cornet avant de s'imposer dans des premières d'opéras oubliés mais aussi dans la première des *Maîtres chanteurs* et quelques *Aïda* et *Rigoletto* qui l'auront conduit jusqu'à Covent Garden et au Metropolitan ; au 23 *bis*, un autre hôtel particulier, celui d'Yvette Guilbert, a été démoli dans les années cinquante sans considération pour la reine du café-concert ; au 39, une belle maison abrite la Société protectrice des animaux, depuis 1845, créée pour secourir les chevaux maltraités par des cochers ; quant à la façade du 51, elle est due au théoricien de la polychromie architecturale, un féru de bonsaïs, qui a allié la brique vernissée bleu-vert aux bossages et aux pilastres, mais les boiseries sont aujourd'hui écaillées et le 51 orné d'un panonceau de notaire en laiton disposé « en drapeau » ; d'autres maisons encore démontrent que le paysage a vraiment basculé. Y compris de l'autre côté du boulevard Berthier, où les cités construites au début des années trente sont des ILM, immeubles à loyer moyen (modéré).

À partir de la place Léautaud, le boulevard des maréchaux se dédouble jusqu'à la porte de Champerret. Auparavant, la première épicerie fine du circuit trône sur la porte de Courcelles. Un peu plus loin, deux constructions rénovent avec talent le panorama architectural du quartier : le Conservatoire de la Ville de Paris, un des dix-sept, qui va de la viole de gambe au big band, et un Centre européen du judaïsme dont on peut souhaiter qu'il ne se satisfasse pas de n'être qu'une synagogue. C'est à la porte de Courcelles qu'arrive l'avenue Émile-et-Armand-Massard. Dans la famile Massard demandez le père, conseiller municipal du cru, honoré deux ans après sa mort alors que c'est lui qui avait fait voter une délibération prévoyant un délai de cinq ans entre le décès d'un individu et le droit de donner son nom à une rue de la capitale ; puis demandez le fils, champion olympique d'épée, puis président du Comité olympique français et successeur de son père au conseil municipal. Au-delà du périphérique, l'École des métiers de la table a des atouts indiscutables : pour 17,50 euros, un menu complet, ou plus exactement un déjeuner gastronomique, ça fait tout de suite plus chic.

Un garage promeut Dunlop et Bridgestone et se vante d'être « spécialiste PNEUS train avant ». C'est vraiment spécialisé et c'est gentil, mais où aller pour le train arrière ? En face, une antenne de la SPA a ouvert un dispensaire sous le patronage présumé de Léautaud, qui avait recueilli dans son pavillon de banlieue la bagatelle de trois cents chats et cent vingt-cinq chiens abandonnés. D'autres chats errent entre les toboggans et le cèdre bleu du square Sainte-

Odile, quelques rats aussi, je suppose. Les chiens n'y sont pas admis.

À l'intérieur de l'église, la plaque de marbre apposée sous l'orgue appelle À LA GLOIRE DE DIEU SOUS LE VOCABLE DE SAINTE ODILE PATRONNE DE L'ALSACE. D'emblée, on est frappé par les vitraux, par leurs couleurs recuites au cristal et par leur côté bande dessinée souligné par des bulles ; j'ai l'habitude de repérer saint Martin au premier coup d'œil, il est ici dans un vert intense, de bas en haut, l'épée pour partager son manteau avec le mendiant, l'épisode où il rend la vie à un enfant, le miracle des oiseaux et des poissons de la Loire, ses funérailles. Le bleu profond des vitraux de l'abside symbolise le bleu de la nuit des Vosges et contraste avec les dorures rococo de l'autel. Les deux confessionnaux en bois ouvragé sont prêts à recevoir quatre pécheurs, mais il n'y a ni pécheurs ni fidèles à cette heure. Toutefois, la paroisse affiche en bonne place l'invitation au repas de fête, avec choucroute puisque Odile est la sainte patronne de l'Alsace. À la sortie, un démuni patiente en bas de la demi-douzaine de marches. Il fait la quête et la justesse de son commentaire laisse coi : « Oui la misère dérange. »

Une chose est sûre, c'est que si l'église a reçu plusieurs fois la bénédiction du cardinal archevêque, elle n'a pas bénéficié du patronage de Léautaud qui professait que la messe est une « singerie », ce qui ne l'empêchait pas de se moquer de l'égalité des droits, d'être hostile au suffrage universel et à l'école gratuite. Il fut favorable à l'occupation allemande pendant la guerre et il adhéra à l'association des Amis de Robert Brasillach après la guerre. Parfois, il est bon de savoir où on met les pieds, même si on prend du plaisir à lire son *Journal*.

Devant l'église, le tunnel routier sera bientôt comblé pour les besoins du tramway. Il aura existé près d'un siècle et, avec ses lampadaires jaunes, ses céramiques et ses pavés, c'est quelque chose de la vieille magie urbaine de la capitale qui disparaît. Pour une autre magie, il est vrai. En tout cas, le boulevard Berthier exhibe encore de beaux immeubles, le 93, le 99, dotés de médaillons. Au coin de la porte Champerret, la brasserie L'Absolu brille d'un jaune éclatant qui se marie au bleu foncé de la nuit sur le point de tomber comme sur les Vosges.

Porte des Ternes - porte Maillot

Si on vient du boulevard Berthier, il faut tourner à gauche pour suivre les maréchaux. Si on vient par le tunnel, c'est tout droit.

En revanche, pour être franc, je me dispenserais volontiers d'une exploration systématique de l'espace compris entre les maréchaux et les périphériques. Dans tout voyage il y a un temps de moindre tension sinon de lassitude, un moment où la curiosité et le plaisir fléchissent. Je sens que c'est ici, que ce sentiment tient à une équation entre le lieu, l'heure et le voyageur, les circonstances peut-être. Par expérience, je sais qu'il est forcément subjectif et, Dieu merci, provisoire. Dans un livre, le lecteur saute une phrase, un paragraphe ou une page. Ici j'ai envie d'accélérer un peu. Malgré les Dardanelles, Salonique, Dobropol, malgré des suggestions géographiques qui excèdent la Grande Guerre à laquelle ces artères doivent leur nom, malgré le square du Graisivaudan qui fait remonter du fond des âges, de l'école primaire, le souvenir de la carte des Alpes qu'il fallait dessiner avec ses rivières et ses massifs calcaires ou granitiques, malgré l'entrain d'un jeune couple qui emménage en face de la caserne des pompiers, je presse le pas. Non sans noter un boulevard et un tennis Aurelle de Paladines, c'est un joli nom pour un général.

À la porte de Champerret, l'avenue Stéphane-Mallarmé se substitue aux maréchaux. Mallarmé maréchal, voilà un drôle d'oxymore. À sa façon, la poésie est à l'œuvre partout. Au coin de l'avenue, le salon de thé LE MOKA se targue de sa spécialité couscous. À deux pas, le square des poètes sud-américains s'ouvre sur une sculpture de femme couchée, dont on ne voit que le visage, intitulée *Poème mythique*, offerte par le Costa Rica à la Ville de Paris. Les bustes des poètes, ou simplement patriotes, sont disposés en arc de cercle devant une haie de charmes tandis que trois jardiniers municipaux ratissent le sol. Au bout du square, on tombe sur LA MAIN JAUNE, une discothèque en sous-sol qui eut son heure de gloire. En attendant, on accède au sous-sol pour le parking Indigo. Mais deux entrées sont condamnées, par une porte en fer et un cadenas, deux porches qui sont deux sculptures en ciment symétriques, d'influence vaguement olmèque, hybrides, un visage humain, des pattes d'animal, gagnées par une végétation anarchique. Sur le pont qui enjambe le périphérique, une autre œuvre représente assez énigmatiquement les coulées d'un mur de lave. Quant à l'Espace Champerret, il n'inspire pas d'élan lyrique, ni raisonné, contrairement au jardin Lily-Laskine en hommage – peut-on lire – au disque le plus vendu de « l'histoire phonographique française », à savoir le Concerto pour harpe (et accessoirement pour flûte) de Mozart. Cela dit, il n'y a pas de rue Jean-Pierre-Rampal (le flûtiste de Lily) à Paris, juste une plaque commémorative, ICI A VÉCU, au 15 de l'avenue Mozart quand même.

Au-delà, la promenade Bernard-Lafay n'en finirait pas, deux kilomètres, quatre en aller-retour, qui relie neuf espaces verts. Une plaque, verte, rappelle que Lafay fut médecin, ministre (ministre sous la IVe République, secrétaire d'État sous la Ve), dernier président du Conseil de Paris avant que le maire ne soit élu au suffrage universel. La promenade est étroite, jalonnée de bancs, verts, posés devant un parterre de verdure et le mur antibruit du périphérique, ponctuée d'appareils, vert pomme, destinés à des exercices de musculation qui détonnent avec la moyenne d'âge des (rares) promeneurs (en loden).

La rue Cino-Del-Duca, « éditeur de presse », m'intrigue. Moins la rue, anodine, que l'éditeur. J'y vois la preuve que ma curiosité se revivifie. Si le nom est connu dans le quartier, il est toujours bon de clarifier une idée imprécise. Éditeur de presse résume donc une entreprise formidable qui englobe la presse du cœur et des romans sentimentaux, *Cuore garibaldino* le premier, feuilleton publié en fascicules, l'adaptation des *comics*. Nous lui devons *Nous Deux* et *Tarzan*, ainsi que la traduction française de

Leopardi et Pirandello, mais encore les chefs-d'œuvre *L'Avventura* et *Accatone* qu'il a produits au cinéma. Son prénom, Pacifico, est devenu mystérieusement Cino. J'ai échoué à en éclairer l'origine ; j'ai lu sur un site de généalogie qu'il était classé en 48 927e position, je n'invente rien, j'aimerais savoir quel est le 48 926e et j'admire la conclusion irréfutable : « il s'agit d'un prénom rare ». Toujours est-il que, du coin de la rue Cino-Del-Duca, j'aperçois un pavillon ravissant. C'est un octroi, qui a résisté aux démolitions, mais il est situé sur le territoire de Neuilly. Décidément, aujourd'hui, je déroge aux règles que je me suis fixées. En fait, ce pavillon est le siège de l'union locale CFTC, la Confédération française des travailleurs chrétiens. À cette heure, la permanence est fermée, l'horloge, fantasque.

À hauteur de la pizzeria Nino, le boulevard Gouvion-Saint-Cyr bifurque soudain à gauche. Gouvion est un des maréchaux les moins connus, et c'est bien dommage. Il fut tout sauf un lèche-bottes. Après avoir appris le dessin pendant un séjour de deux ans à Rome, il se révéla brillant général de l'armée républicaine et il n'obtint son bâton de maréchal que sur le tard, à la veille de la bataille de Borodino. Pendant la Restauration, il exerça des charges ministérielles avant de les abandonner, par un mélange de lassitude et de conscience, autant que pour se consacrer à la rédaction de ses Mémoires. Il faudrait trouver le temps de les lire ou, à tout le moins, de les feuilleter, étant donné les éloges de Stendhal

– qui ne lésinait pas en le comparant à Homère et ceux de Michelet.

Les immeubles sis aux numéros 49, 51 et 53 ont conservé leur plaque émaillée bleue si désuète GAZ À TOUS LES ÉTAGES, qui nous rajeunit. Au rez-de-chaussée du 51, l'enseigne d'un « salon cireur » m'amuse ; c'est une cordonnerie qui vend du cirage. En vitrine, on peut admirer des étuis et des coffrets, avec brosses, chiffons, cires, crèmes. Il faut quand même débourser 140 euros pour le petit coffret, 200 euros pour le grand. À côté, la boutique qui loue des voitures avec ou sans chauffeur répond au nom exotique de Riyad Limousine.

Si on continue tout droit devant la pizzeria Nino, le boulevard des maréchaux, qui se dédouble, prend le nom d'un général, le plus étoilé qui soit, un Américain. Pershing fut ainsi consacré de son vivant, en même temps qu'il publiait ses mémoires, *Mes souvenirs de la guerre* qui lui valurent le prix Pulitzer. Et quand on continue tout droit on finit par tomber sur Notre-Dame-de-Compassion. La chapelle est comme écrasée par la masse du Hyatt Regency, tour de trente-quatre étages rachetée par des capitaux qataris. Elle n'a pas toujours été là, l'hôtel non plus. Déplacée pierre par pierre à cause de la construction du Palais des Congrès, elle est basse malgré un parvis qui la rehausse, en forme de croix grecque, édifiée pour le fils aîné du roi Louis-Philippe et de la reine Marie-Amélie tué dans un accident de calèche le 13 juillet 1842. « Jamais la mort d'un homme n'a causé un deuil aussi général », selon Heine. Lors de ses funérailles, on manqua de tissu noir pour recouvrir la façade de Notre-Dame et vous avez là, dans cette communauté de la perte d'un enfant, ce qui permet de comprendre l'empathie de Victor Hugo à l'égard du roi lors de la révolution de 1848. À l'intérieur de la chapelle, on découvre un cénotaphe du duc en uniforme taillé dans le marbre blanc, des vitraux châtiés dessinés par Ingres, un autel sobre. Le plus beau se trouve derrière l'autel. Trois marches descendent vers l'abside et offrent au flâneur une vision inhabituelle : un coffre-fort, pas un tronc, un vrai coffre sur lequel est apposé un avertissement mirobolant. Ce coffre-fort contient uniquement une hostie consacrée. Et pour qui n'aurait pas compris, un autre message nous assure de la présence réelle de Jésus-Christ dans cette chapelle. Même si on a déjà eu l'occasion d'éprouver la dimension sacrée d'une église, on ressort de là sans être vraiment convaincu. Sans forcer le coffre-fort non plus.

En fait, la chapelle est située à la porte des Ternes qui n'existe plus en tant que telle puisqu'elle est devenue une place et qu'elle a hérité du nom du général Kœnig, résistant hors pair et maréchal à titre posthume. Longtemps, au centre de la porte, il y eut un monument en bronze représentant un groupe de Parisiens couronné par un ballon captif en cuivre martelé pour célébrer les aérostiers qui s'envolaient de là pendant le siège de 1870. Le ballon a été fondu par les Allemands pendant l'Occupation.

Il reste néanmoins Le Ballon des Ternes, mais c'est une brasserie Art déco où vous avez le choix entre des crevettes royales roses et des huîtres spéciales d'Utah Beach grosses numéro 2, sans oublier le baba au rhum ambré.

Jusqu'à la porte Maillot, les maréchaux desservent de grands hôtels de grandes chaînes américaines, les autobus et les navettes pour les aéroports, le Palais des Congrès qui me laisse froid. La porte elle-même s'estompe dans toute une série d'anneaux livrés aux véhicules automobiles, à quelques trottinettes électriques encore peu vraisemblables, aux bétonnières et aux engins, sous un ciel strié par les grues.

Traverser la porte Maillot n'est pas une sinécure. Mieux vaut passer dans les clous qui sont, chacun le sait, des bandes de peinture blanche. À l'autre bout, le square Alexandre-et-René-Parodi est ouvert 24 heures sur 24. Les frères sont ainsi réunis, l'aîné qui incarna la fonction de grand commis de l'État et la vocation de résistant, le cadet qui fut magistrat, résistant torturé et assassiné par la Gestapo à trente-sept ans. Le square est vaste, agréable et désert, notamment planté de catalpas et de cerisiers à fleurs, historié par deux monuments ; le premier, en entrant, est dédié au général Kœnig, en acier (inoxydable), un agrégat de tuyauteries et de lances astiqué par le soleil et la pluie depuis 1984 ; le second, en pierre, à l'écart, déplacé comme la chapelle Notre-Dame-de-Compassion lors des travaux du périphérique, est dédié à Levassor et à sa victoire dans le premier

Bordeaux-Paris, qu'il a gagné en quarante-huit heures et quarante-huit minutes, rassemblant dans un même relief la foule à l'arrivée, les hommes chapeau levé, une femme un bouquet dans les bras, Levassor au guidon de son automobile depuis 1907. De là, on aperçoit le chapiteau d'un cirque et, en avançant, les caravanes des artistes garées dans un enclos. La grande attraction du cirque tzigane est la trapéziste des anges et la poésie est le violon d'Ingres de son fondateur :

Ma femme est une gitane
hongroise redoutable.
À la seconde où je l'ai vue
j'ai su que c'était l'ange
qu'on m'avait envoyé

C'est signé Alexandre Romanès et c'est très beau. De part et d'autre du square, les maréchaux restent dédoublés. Le long du périphérique, le boulevard Thierry-de-Martel honore un comte, champion de rugby et neurochirurgien de renom dont le fait d'armes paradoxal, qui lui vaut ces deux cents mètres de bitume impérial, aura été son suicide le jour de l'entrée des troupes allemandes dans la capitale. De l'autre côté, c'est un amiral, denrée rare dans l'armée napoléonienne, Étienne Eustache Bruix, qui fut nommé en prime inspecteur général des côtes de l'Océan et mourut de la tuberculose à l'heure de la principale bataille navale.

Zoner

Je n'entrerai pas davantage dans le bois de Boulogne que dans le bois de Vincennes, ce n'est pas vraiment la zone. Dommage pour les barques sur le lac, pour les ballons, la boue et les roses de Bagatelle, dommage pour l'anneau cycliste autour de l'hippodrome, pour la Fondation Louis-Vuitton et pour la Grande Volière du Jardin d'acclimatation, dommage pour les cygnes et pour les prostituées.

Porte Dauphine - Porte de la Muette - Porte de Passy

Nous voici donc dans le 16e arrondissement. Nul besoin d'être prévenu pour le considérer comme une drôle de zone.

D'un côté le bois, de l'autre des hôtels particuliers. Au coin de la rue Marbeau, un drapeau allemand mêlé à un drapeau européen flotte sur l'immeuble qui abrita vingt ans la défunte ambassade de la RDA et qui est devenu une antenne de l'ambassade d'Allemagne (réunifiée). Trois immeubles plus loin, celui des Comores, bariolé, faseye sur le bow-window du premier étage.

Le long des maréchaux, de hautes grilles opaques et des haies épaisses de lauriers isolent et protègent d'on ne sait quoi les résidences qui accréditent ainsi leur réputation de ghetto de riches. D'ailleurs, un inapproprié et inutile ATTENTION AU CHIEN me rappelle, par antithèse, le CHIEN GENTIL de la porte de Bagnolet. Dans ces conditions, on n'a plus qu'à filer jusqu'à la porte Dauphine où l'entrée de la station de métro est le seul édicule d'origine, beau même si on n'a pas une passion pour l'Art nouveau, avec son ossature en fonte de fer, ses parois en pierre de lave émaillée aux motifs végétaux, la marquise de verre qui lui donne l'apparence d'une libellule.

De l'autre côté des maréchaux et d'un tunnel routier, le stade Jean-Pierre-Wimille sort de l'oubli le nom d'un champion automobile hors pair au destin tragique malheureusement assez commun pour les pilotes de son époque. Il fut le modèle de Fangio qui est lui-même le modèle de mon amoureuse. Il fut aussi le concepteur d'un modèle singulier, doté d'un pare-brise panoramique et de trois sièges à l'avant. Mais sans doute doit-il cette distinction à son activité pendant la Résistance au sein des services secrets britanniques et nul doute que ce choix est heureux.

Dans quel sens faire le tour du rond-point de la porte Dauphine ? Et, déjà, de quelle dauphine ou de quel dauphin s'agit-il ? En fait, ce n'est pas le futur Louis XIII comme pour la place sur l'île de la Cité, mais Marie-Antoinette, la jeune femme du dauphin, qui passait par là quand elle se piquait de surveiller les aménagements au château de la Muette. Si nous tournons dans le sens inverse des aiguilles d'une montre, nous passons devant le pavillon Dauphine et on aperçoit, à travers les larges baies vitrées dont les rideaux ont été tirés, au bord d'un immense salon de réception au parquet brillant d'encaustique, une table où un majordome contemple une pyramide de coupes empilées qui n'attendent que l'heure où le champagne coulera à flots. Ensuite, on frôle l'université Dauphine, sise dans le bâtiment qui abritait le secrétariat général de l'OTAN. Elle ne fait pas rêver, ni par l'architecture, ni par les parages, ni par les études excepté les mathématiques, c'est un point de vue tout personnel, mais elle a vocation à délivrer des licences et des masters en sciences de l'organisation, des marchés et de la décision. La gare est de l'autre côté des maréchaux. Elle est posée là depuis plus d'un siècle et demi, en pierre, bien conservée, entre Pontoise et Juvisy. Et inversement.

On aimerait bien se rendre au centre du rond-point où on aperçoit le buste en bronze d'un maréchal qui n'a pas servi du temps de Napoléon, puisqu'il s'agit de Jean de Lattre de Tassigny, élevé au rang de maréchal à titre posthume, au lendemain de sa mort, épuisé par la maladie et par la tristesse que lui a causée la perte de son fils unique à Ninh Binh. À même pas seize ans, avec sa mère, il avait préparé l'évasion de son père de la prison de Riom pendant l'Occupation, puis il avait obtenu une dérogation d'âge pour combattre dans l'armée de libération de Provence et, diplômé de l'École militaire, il était parti en Indochine. Accessoirement, il avait ouvert le bal avec la princesse Margaret à l'ambassade britannique. Le buste est beau, très sobre. Au dos de la stèle, la devise NE PAS SUBIR résume la philosophie du maréchal. Voilà, on aimerait bien aller le saluer, mais il n'y a pas un seul passage clouté. La seule solution est donc de prendre son élan et de traverser, sans coup férir, comme si nous étions à Téhéran.

Revenu sain et sauf, j'avise, contigu à la gare, un vieux camion Citroën peint en couleur moutarde qui vend des pizzas, et le Cottage, mi-taverne, mi-« rooftop en rez-de-chaussée ». Six mois par an, la décoration d'hiver expose des gerbes de skis, des luges, un œuf de téléphérique. J'aime que cet œuf voisine avec le poulailler qui contribue peut-être à l'omelette norvégienne au menu. Tout aussi contigus, des courts de tennis en terre battue synthétique sont le premier indice d'une pratique particulièrement développée dans le quartier. Puis c'est une salle de gym, dite « de la forme » qu'on peut entendre comme une litote locale du sport. Un quarteron de plutôt vieux marchent sur un tapis roulant face aux maréchaux. Je ne les envie pas, ne les comprends pas davantage.

Tennis, gymnase et piscine Henry-de-Montherlant. Une banderole reprend l'antienne À NOUS LES JEUX. Montherlant après Wimille est bien la preuve qu'il n'y a pas de règle en matière de Résistance ou de consentement à l'Occupation pour que soit attribué le nom d'un stade parisien. Et, pour ma part, quoi qu'il en fût, je garde une lointaine tendresse à l'auteur de ce livre lu à quinze ans, *Les Olympiques,* au scrutateur impitoyable de la vieillesse qui écrivit cet adieu lucide et déchiré au ballon : « Je ne forcerai plus la proie en cuir de vache. »

Et puis, des immeubles et des jardins, des balustres au sixième étage, des tennis encore derrière les jardins, une impression de vide, « du cossu inanimé », si j'en crois Tillinac le jour où il fit, le premier, le tour des maréchaux. Pas un SDF non plus. Juste le bunker de l'ambassade russe.

Sur ce tronçon, Lannes et Suchet perpétuent la Ceinture. Lannes, je suis content de le retrouver, je lui avais consacré cinq pages au bas mot dans *Autoportrait sous les arbres* où il dialogue avec Stendhal sous les érables du cimetière Montmartre. Il a une vie bien remplie malgré ce boulet qui la lui enlève à quarante ans. Fils de métayer, apprenti teinturier à Auch, sous-lieutenant, lieutenant, vaillant à la tête de ses grenadiers, pygmée devenu géant selon Napoléon, en bonne place dans la première fournée des maréchaux, puis fatigué et inquiet par la tournure des événements, assis au bord d'un fossé où on l'entend se désoler, « cet affreux spectacle me poursuivra-t-il toujours », et tout autant poursuivi par cette remarque de son fils au moment de se quitter, « il faut donc que tu ailles toujours à la guerre jusqu'à ce que tu sois tué ».

Suchet, en revanche, c'est le moment ou jamais de lier connaissance. Devenu maréchal quand Lannes avait déjà rendu l'âme, méconnu, homme à la belle allure, aimable, aimé par ses soldats, brave, probe de surcroît, ses talents en imposent lors de la campagne d'Espagne où les assaillis le surnomment *El hombre justo*. Éconduit par les Bourbons sous la

Restauration, une délégation espagnole se rend à son enterrement et je ne sais plus qui loue « la douceur des souvenirs qu'il a laissés partout ».

Suchet commence porte de la Muette, au coin de l'avenue Henri-Martin. Qui se souvient du jeu de Monopoly ? Cette avenue, située entre la gare du Nord et la prison, était d'un bon rapport, mais elle ne m'attirait pas sans que je sache pourquoi. Henri Martin était un historien, original, le plus lu après Michelet, académicien, très largement oublié. Cependant, il doit cette avenue non pas à son œuvre mais à sa charge de maire du 16e arrondissement. En tout cas, la vue est très dégagée sur le mont Valérien. La vue est assez dégagée aussi sur le siège de l'OCDE, le château de la Muette qui n'est plus celui de Marie-Antoinette, le corps principal démoli en 1793, les ailes transformées en guinguettes, mais reconstruit dans le style classique par Henri de Rotschild, auteur dramatique et pilote automobile de surcroît.

Quelques drapeaux flottent à nouveau. Ambassade de Madagascar, de Monaco, de Biélorussie, délégation permanente de la République de Corée auprès de l'OCDE, en voisine, maison de Malaisie. Vers le bois, je me sens obligé de voir à quoi ressemble l'allée des Fortifications. C'est une allée, il n'y a plus de fortifications mais je ne le regrette pas. Un élégant centre d'hébergement d'urgence a été édifié pour les sans-abris à l'orée du bois. Et, à l'arrière des blocs d'immeubles d'un genre glacial, je peux voir des plaques qu'on croirait disparues, ENTRÉE DE SERVICE, d'autres qui renvoient vers le boulevard, ENTRÉE PRINCIPALE.

Autour de la porte de Passy, ni le chemin « de campagne » de la Petite Ceinture en contrebas, ni le square Tolstoï n'attirent le moindre pékin. Tolstoï est un « romancier russe de renommée internationale », on est heureux de l'apprendre, et puisqu'il a écrit *Guerre et paix* il est ici à sa place, sur le boulevard des maréchaux. Tolstoï a le visage tourmenté, c'est logique, mais sale. Il lui faudrait un bon coup de karcher.

La suite des immeubles me paraît de plus en plus morose, voire navrante avec ces plaques PROPRIÉTÉ PRIVÉE bien en vue tous les cinquante ou cent mètres, des propriétés privées entrecoupées de quelques noms de squares qui fleurent bon le XVIe et le XVIIe siècle, d'Urfé, Racan, Malherbe, et un certain sentiment géographique, Rocamadour, Padirac, Aliscamps, mais rien de très vivant dans tout ça, c'est un euphémisme, une citadelle, un gouffre, une nécropole. Difficile de penser que Bourvil vivait par ici.

Au coin du boulevard de Montmorency, où œuvrent mes amies de la Maison des écrivains et de la littérature, un large triangle d'immeubles neufs abrite une crèche. C'est bon signe. Pour la peine, je m'octroie le droit de bâcler. Et de baguenauder. Ainsi le seigneur de Racan consacra-t-il ses *Odes au roi* au jeune Louis XIII et les fit-il précéder d'une dédicace qui vaut son pesant d'or. « Les bergers qui vont faire le tour du monde sous la conduitte des Muses craindroient avecque raison qu'ils ne fussent accusez de peu de jugement d'aller voir si loing les merveilles de la nature et n'en voir point une dont ils sont si près. C'est Vostre Majesté, Sire, de qui j'entends parler. » Il n'y a plus qu'à passer son chemin. À longue étape, petit chapitre.

Porte d'Auteuil - Porte de Saint-Cloud

La porte d'Auteuil n'a pas changé depuis le début des années soixante. Ou si peu. En tout cas, pour qui venait au cours de Plein Air inscrit dans notre emploi du temps, le samedi après-midi. Nous sortions du métro devant les guichets où les turfistes se pressaient pour parier sur des chevaux qui disputaient des courses d'obstacles, haies, steeple chase, cross-country. Et, justement, cross c'était le nom que nos professeurs donnaient à cette activité physique à laquelle quelques-uns d'entre nous s'adonnaient avec une joie farouche. Aujourd'hui, un placard apposé au-dessus des guichets correspond assez bien à ce qui nous animait autrefois et ne s'est pas encore estompé, ce besoin de courir vite, aussi vite que possible en tout cas, et de s'emballer. VIBREZ GALOP.

Ce qui n'a pas non plus changé, c'est la fontaine, « L'Amour, l'éveil à la vie que [dit-on] personne ne remarque ». Eh bien si, les jeunes filles en pierre jaune nues, moins voilées que révélées par l'eau qui ruisselle de la vasque qu'elles soutiennent comme des cariatides callipyges, n'étaient pas passées inaperçues aux yeux des élèves du cours de Plein Air, loin de là. Pour autant, nous ne savions pas qu'elles représentaient l'éveil à la vie, ni que le sculpteur se nommait Raoul Lamourdedieu et encore moins qu'il s'était fait la main avec des statuettes de Vénus et des bustes en plâtre.

En revanche, ce qui est nouveau ce sont les tentes de SDF dans le square en face des guichets et de la fontaine, les tentes dans le passage souterrain pour traverser le boulevard, d'une certaine façon un certain retour à la vie après la traversée de cette espèce de désert depuis que nous longeons le bois de Boulogne. Par bonheur, il y a aussi de nouveau des cafés, des restaurants, des fleuristes et, si on peut lire en devanture un ORCHIDÉES un brin orgueilleux, rien ne manque pour celui qui voudrait acheter à son amoureuse un petit bouquet à quatre sous.

De l'autre côté de la diagonale qui traverse la place, le square des Poètes confirme l'intérêt protocolaire des pouvoirs publics pour les muses. Un panneau informe qu'il a été inauguré en 1954 par un ministre du gouvernement et le président de la Société des poètes français, qu'il est doté d'arbres, comme il se doit, d'un noisetier pleureur notamment comme si la poésie devait vous tirer des larmes, de bustes du genre accablé à part un Pouchkine tout neuf venu tout droit de Moscou pour le bicentenaire de sa naissance, et de plaques qui ressemblent à des plaques tombales où sont gravés quelques vers d'une quantité de poètes, parmi lesquels les plus renommés et une ribambelle d'inconnus. Je retiens Maurice Carême qui fit et fait peut-être encore les délices des maîtresses, et surtout mon cher Desnos toujours au-dessus du lot :

> Or, du fond de la nuit, nous témoignons encore
> De la splendeur du jour et de tous ses présents

mais soyons francs, il n'y a pas davantage de monde dans le square que devant les rayonnages de poésie en librairie, beaucoup de bruit en revanche, automobiles lancées à fond vers le bois, et un lapin.

Du square, un accès direct conduit aux serres. Je me permets de les recommander, non seulement pour la ténacité de leur combat contre les affairistes de Roland-Garros qui s'étendent à leurs dépens, mais aussi pour la beauté de leurs verrières et la variété des espèces végétales qui nous offrent une des plus étonnantes découvertes de ce périple (avec la colline du crack pour faire une moyenne). Parmi les curiosités signalées au public, deux arbres retiennent mon attention : le vénérable gingko et le parasol chinois ; le gingko est toujours vénérable, sous prétexte qu'il est apparu avant les dinosaures, ce qui a de quoi impressionner ; le parasol n'est pas toujours chinois, c'est un sterculier à feuilles de platane, et il dispense un arôme de citron ou de chocolat. Il ne reste plus qu'à les trouver dans le jardin. Les serres sont en fonte, peinte en bleu turquoise, avec des stores à lattes en bois d'un bleu équivalent. Le palmarium est splendide ; les palmiers arrivaient jadis par bateau à vapeur, ils ont eu le temps de s'acclimater, les poissons rouges aussi, et les canaris jaunes ont la part belle dans la volière dissimulée par la verdure. Ici on a le plaisir de croiser du monde, de tous âges. L'entrée est gratuite. On resterait longtemps si les maréchaux ne nous requéraient, on reviendra.

Le quartier est consacré aux installations sportives. Roland-Garros ne sévit pourtant que deux semaines par an, fin mai, début juin ; la piscine Molitor est devenue Villa Molitor. On peut entrer, la porte s'ouvre toute seule, on peut regarder, la piscine extérieure, la piscine intérieure, les lignes d'eau, les cabines, l'impression bizarre d'être dans une gravure de mode. Non loin, on aperçoit un monument discret, on ne peut plus mal placé, à la sortie d'une bretelle du périphérique. En s'approchant, on distingue des coureurs à pied et des joueurs de rugby, on apprécie la beauté du geste et on constate qu'ils sont sculptés de part et d'autre d'une tête un peu cabossée qui appartient à Frantz Reichel, un champion de boxe et de cross-country en poids lourd, capitaine de l'équipe de France de rugby, qualifié pour la finale du 110 mètres haies des premiers Jeux olympiques de l'ère moderne à Athènes mais préférant suivre le jour même, comme journaliste, le marathon, recordman du monde de durée de vol en biplan avec passager, c'est lui le passager, Wilbur Wright le pilote. En bronze, il fut fondu par les collabos du régime de Vichy, puis rebâti en pierre à partir du modèle en plâtre que le sculpteur avait conservé.

Le stade Jean-Bouin remis à neuf paraît moins beau de près que de loin. Pour le Parc des Princes, la question ne se pose même pas. Et je garde forcément des souvenirs extrêmement vifs de sa piste en ciment rose, du temps où j'y allais, enfant. *O tempora, o mores !* Dans l'enceinte même, une école (ESG Sport) prépare des « bachelors » et des « mastères » et délivre en lettres capitales sur sa vitrine ce message aussi effarant qu'exemplaire sur un certain devenir du sport : COMMERCE MARKETING COMMUNICATION MANAGEMENT. À deux pas, LE TREMPLIN se présente comme une plateforme d'innovation pour le sport, c'est ce qu'on lit sur la baie vitrée. Autrement dit, un « véritable hub de l'écosystème sportif à Paris qui rassemble les start-up de l'industrie du sport ». Tout est dit.

À l'arrière, il y a toujours la rue Nungesser-et-Coli, jamais mieux liés depuis leur accident que par ces traits d'union, la plaque racontant en deux mots leur fin tragique ; puis la rue du Commandant-Guilbaud qui périt avec Amundsen aux commandes d'un hydravion parti à la recherche de l'équipage du dirigeable *Italia* ; mais le terrain noir où nous jouions au foot dans des nuages de poussière dorée s'est métamorphosé en parking.

Sinon, les noms des rues se partagent entre militaires et beaux-arts. Côté militaire, on a un Général-Sarrail au profil rare de radical de gauche et un

Sergent-Maginot qui n'est autre que l'homme de la ligne ; c'est lui qui désigna le soldat inconnu et alluma pour la première fois la flamme sous l'Arc de triomphe, avant d'initier les fortifications de défense aux frontières, la fameuse ligne Maginot. Côté artistes, Raffaëlli et Meryon sont un peu oubliés, Lecomte-du-Nouÿ encore un ton en dessous malgré *Le Songe de l'eunuque* qui vaut le détour, pour son ridicule.

La Fontaine jadis c'était les filles, Claude-Bernard les garçons. Le professeur Poirier y enseignait l'histoire et la géographie qui irriguent ses *Lettrines*. Aujourd'hui les lycées sont mixtes, y compris sur le plan social, la sortie des classes sert de démonstration. Peu de commerces dans les parages, même pas une supérette pour les friandises, mais un « showroom » qui exhibe un somptueux tracteur Porsche diesel rouge, une Bentley Flying Spur belle à en pleurer et des vélos fixie Maserati. Le long du boulevard Murat, d'assez beaux immeubles datent du premier tiers du XXe siècle. Au 95, une maison ne ressemble à aucune autre : c'est un hôtel particulier construit en 1912 par un architecte au milieu des terrains vagues ; son ossature béton est agrémentée de pastilles jaunes et élancée par des baies vitrées verticales.

Porte de Saint-Cloud, l'église Sainte-Jeanne-de-Chantal était un lieu de rendez-vous imparable pour se rendre au stade. Elle l'est restée. Une banderole attachée aux grilles hèle le passant. Vous avez des questions sur Dieu ? Rejoignez le parcours Alpha. Pour commencer, on vous offre un dîner-découverte ici-même et pour davantage de détails il suffit d'aller voir jeannedechantal.com. L'église a un petit air de famille avec la Fatima de la porte du Pré-Saint-Gervais, style byzantin, campanile, structure en béton, mais on n'en saura pas davantage car elle est fermée. Par ailleurs, si vous avez des questions sur Jeanne de Chantal, sachez qu'elle fut la grand-mère de la marquise de Sévigné et qu'elle fonda l'ordre de la Visitation qui a essaimé jusque dans le district de Yeoncheon en Corée et même dans le Moyen Pays au cœur de la Suisse. En face, la brasserie AUX TROIS OBUS doit son nom aux trois obus prussiens datant de la guerre de 1870 retrouvés intacts lors de la destruction des fortifications. Elle a pour spécialités le bœuf d'Aubrac et les escargots de Bourgogne. Tout autour de la place, les restaurants rivalisent. En sus d'un McDo et d'un Indiana, vous avez LE CARDINAL pour les coquillages et les crustacés, la salade de homard à 48 euros si vous aimez le homard et disposez des 48 euros, et le café LES FONTAINES où on peut aussi manger, moussaka, « végétariens bienvenus », s'installer sur la terrasse afin de contempler les deux fontaines, sensiblement moins érotiques qu'à la porte d'Auteuil, avec leurs médaillons et leurs variations sur le zodiaque et les arts.

La suite du boulevard Murat n'est pas vraiment dans l'axe et rétrécit. C'est l'entrée dans un 16e pauvre, oui, ça existe, qui ressemble moins à l'ouest de la capitale qu'à l'est. Des groupes de jeunes traînent devant les immeubles, une vieille dame porte un mince filet à provisions, les rideaux de fer d'échoppes minables sont tagués, la misère reprend ses droits. Dans la zone, les rues n'ont pour âme que les noms d'un aviateur, pionnier du raid et de la voltige, qui avait posé son appareil sur les arbres au cœur de la taïga et qui était mort dans son lit ; d'un jeune ministre brillant mort à la guerre en 1918 ; d'un maréchal qui avait servi sous Napoléon mais qui n'obtiendra son bâton qu'à plus de soixante-dix ans, pour avoir présidé à l'édification des fortifs.

À l'orée de Boulogne-Billancourt, le stade Pierre-de-Coubertin souligne la fonction décidément sportive de la bordure du 16e arrondissement. Si on sait qu'il est dévolu à des activités spécifiques comme le volley, le judo et le ping-pong, si on se rappelle qu'il a été le premier stade couvert du pays, on a oublié qu'il fut un centre de détention des manifestants algériens lors du massacre du 17 octobre 1961. Ensuite, ce ne sont que courts de tennis, courts de tennis, courts de tennis jusqu'au fleuve. Un club de pelote basque apporte un air de fraîcheur. On pousse la porte, on admire les deux frontons symétriques, les gradins, la peinture blanche écaillée depuis l'épreuve de démonstration aux Jeux olympiques de 1924. Le restaurant, Au trinquet, donne envie de revenir quand il sera ouvert, la buvette itou, pour des rosés du pays qu'on peut acquérir à la maisonnette peinte en vert – VINS – en lettres capitales rouges, les couleurs du Pays basque reprises pour l'harmonie avec les barreaux (rouges) aux boiseries des fenêtres (vertes). Au fond, le buste de Chiquito de Cambo veille sur les lieux ; « chiquito », façon de parler, 1,95 mètre, prince de la chistera, champion du monde durant un quart de siècle. Ici même, il disputa sa dernière partie, à l'âge de soixante-cinq ans, où – dit-on – il fit encore merveille.

Du quai Saint-Exupéry, on voit les silos, les péniches, les barges, l'amorce de la voie sur berge. En aval, l'avenue Le Jour-Se-Lève clôt la zone. Elle rend hommage à Gabin, à son rôle d'ouvrier sableur, aux studios de cinéma où le film a été tourné, au décor si réaliste. Au coin de l'avenue, la tour de TF1 témoigne qu'on a changé d'époque.

Sans prévenir, le boulevard Murat fait un coude d'environ 90° à gauche. Dans l'axe, la rue du Général-Niox le prolonge. Encore un général, beaucoup d'odonymes militaires, des gradés bien sûr, encensés pour leur rôle dans la Première Guerre mondiale, puisque les voies nouvelles de la zone ont été baptisées dans les années trente. Niox a néanmoins un profil singulier ; il a enseigné à l'École de l'état-major les mystères de la cosmographie et de la géologie, la magie des cartes et des statistiques, avant de se consacrer lors de sa retraite à l'histoire. La rue a un profil moins singulier, sinon qu'elle descend vers le fleuve. Quant au boulevard Murat, il n'en finit pas, il court jusqu'à la Seine. La Mairie de Paris a tenu à indiquer que le brillant Joachim était également roi de Naples. Je le vois toujours comme il m'était apparu dans mon premier roman, facile à reconnaître dans sa veste de velours violet brodé d'or et son pantalon blanc bouffant, ses bottes jaunes, épatant par son goût effréné pour les confitures de pêches et d'ananas.

Cent mètres de quai, une volée d'escaliers, et on prend pied sur le pont du Garigliano. À 17 h 17, nous traversons la Seine pour la deuxième fois. Le pont ne compte que deux piles mais c'est le plus haut de Paris et le dernier vers l'aval.

Porte de Sèvres - porte de Versailles - porte de la Plaine - porte de Plaisance

Du pont, la vue imprenable conserve un petit côté Douanier Rousseau avec les collines boisées au fond, le ballon à hélium qui concurrence la tour Eiffel et, dès qu'on a mis le pied sur la rive gauche, les chevaux d'un cirque discret. À part ça, on ne peut pas rater le quadrilatère en verre transparent et dépoli de France Télévisions ni les rames du tramway qui renoue avec les maréchaux.

En contrebas, le quai d'Issy-les-Moulineaux conduit à Issy-les-Moulineaux. Les moulins ont fait place aux silos et aux péniches de pondéreux qui accaparent la berge. Une bretelle d'accès au boulevard périphérique (extérieur) est encore dénommée voie AD 15. Je me demande quel nom on lui donnera.

Moi qui croyais marcher sur le boulevard Victor, je m'aperçois que les cinq cents premiers mètres ont été déclassés et que le maréchal a laissé la place à un simple général, Martial Valin, un prénom guerrier tout à fait à propos mais sans rapport avec Napoléon, puisqu'il exerça le commandement des Forces françaises aériennes libres et que ces cinq cents mètres sont à deux pas du premier terrain d'aviation de la capitale. Cela dit, Victor n'était ni le nom ni le premier prénom de Claude Perrin dont la biographie commence bien : « enfant turbulent bien qu'il jouât du violon il s'engagea comme tambour dans l'artillerie », un bon début assurément, puis brigadier trompette qui allait faire danser les curistes dans une station thermale avant la guerre, plein d'une bravoure confirmée par son rôle à la bataille de Friedland qui lui vaudra son bâton. S'il n'a pas d'états d'âme, bien au contraire, dans la mesure où il rallie avec empressement Louis XVIII et le suit dans son exil pendant les Cent-Jours, il affiche une constance légitimiste qui le poussera à refuser de prêter serment à Louis-Philippe.

Mis à part le flux lié à la télévision et quelques retraités promenés par leur chien, le quartier semble propice aux militaires. En uniforme ou en civil, ils vont donc au bureau. L'air de rien, je longe le site Balard, le prétendu « hexagone », bardé d'avertissements apposés sur le mur tous les vingt mètres pour dissuader les espions, INTERDIT DE PHOTOGRAPHIER - SITE PROTÉGÉ - INTERDIT DE PHOTOGRAPHIER – mais quoi ? – SITE PROTÉGÉ – mais de quoi ? Il paraît que les bâtiments du ministère de la Défense disposent d'un abri antiatomique. On est franchement rassuré.

Les abords sont dominés par des évidences aériennes. L'héliport, comme son nom l'indique, accueille les hélicoptères ; j'apprends au passage, et je ne voudrais pas en priver le lecteur, que le mot « héliport » est formé avec l'apocope d'hélicoptère et l'aphérèse de aéroport. L'allée des Frères-Voisin est une voie privée qui réunit Gabriel, l'aîné (mort à quatre-vingt-treize ans dans son lit) et Charles, le cadet (mort à trente ans au volant de sa torpédo Hispano-Suiza), pionniers de l'aviation, puis de la construction automobile, dont le nom reste lié au plan Voisin prêt à financer le projet du jeune Le Corbusier qui avait proposé de raser le centre de la capitale, rive droite, et d'y édifier dix-huit gratte-ciel, autrement dit d'y bâtir les attributs de la périphérie. Quant à la rue Henri-Farman qui longe l'héliport, elle célèbre le premier homme à avoir volé un kilomètre (en une minute et demie) sur un biplan des frères Voisin, mais elle ignore son frère Maurice avec lequel il gagna le titre de champion de France cycliste en tandem et qui s'illustra également dans les airs. Le plus surprenant, le plus récent, c'est néanmoins un site de fouilles où les archéologues ont mis au jour des silex taillés, des grattoirs, des lames, qui datent des débuts du néolithique, soit près de dix mille ans, et même un fragment de fémur qui appartient donc au premier Parisien. De là, on gagne Aquaboulevard, réputé pour ses toboggans et ses vagues artificielles qui ont fait, à l'époque et au cœur de l'hiver, le bonheur de nos enfants et, par voie de conséquence, le mien. La station de la ligne 2 du tramway Suzanne-Lenglen n'existait pas encore. Que retenir de sa destinée ? Qu'elle fut une championne de natation, qu'elle n'a touché sa première raquette qu'à douze ans, qu'elle buvait du cognac pendant les matchs, qu'elle en a gagné 98 %, qu'elle aurait disputé un double mixte avec sir Jagatjit Singh Sahib Bahadur, le maharaja de Kapurthala, qu'elle jouait en jupe plissée de soie, et qu'en dévoilant ses bras elle initia une révolution des mœurs.

Du stand de tir de Balard, disparu, il ne reste plus qu'une plaque commémorative. Je l'ai cherchée, car il faut la chercher, avenue de la Porte-de-Sèvres. Ce sont deux plaques de marbre ajointées ; sur quatre colonnes, par ordre chronologique, on lit le nom et l'âge des cent quarante-trois résistants exécutés ici par les nazis. Parmi eux, je savais retrouver les cinq lycéens du lycée Buffon dont le sacrifice nous était rappelé tous les matins dans le hall du lycée et dont j'ai déjà parlé dans mon roman *Ghetto*, mais on ne les évoquera jamais assez. Les derniers mots de Pierre Grelot sont toujours aussi désarmants : « Adieu mon vieux papa. Je te remercie d'avoir été chic avec moi. Garde un bon souvenir de ton fils. »

Depuis la porte Balard, quand on va vers la porte de Versailles, le trottoir de gauche est plus seyant et invite au voyage. On voit non seulement le double pont très élégant de la ligne de la Petite

Ceinture, mais aussi un immeuble qui a des allures de paquebot. C'est justement « le paquebot », avec son hublot de profil et ses cinq cheminées sur le pont supérieur, conçu par l'architecte qui avait aménagé le *Normandie* et autres transatlantiques. Le sentiment de balade continue avec un chalet de style helvète doté d'une sorte de coursive, encore plus long que le paquebot, puis avec un groupe de randonneurs armés de bâtons télescopiques attablés au café-tabac LES AVIATEURS.

Sur le plan architectural, le Palais des Sports a eu son heure gloire et personne ne la lui enlèvera, ni à Buckminster Fuller, l'inventeur du dôme géodésique. Mais aujourd'hui, il ne paie pas de mine, surtout sous un ciel gris. En fait de sport, il fut et demeure surtout une salle de spectacles ; d'ailleurs, la boxe, le patinage *on ice* et le basket des Harlem Globetrotters relevaient au moins autant du spectacle que du sport. À la magie du Cirque de Moscou ont succédé le mystère de la danse, le sortilège du rock, la féerie du music-hall. Avant que la politique ne devienne un spectacle, des meetings s'y sont tenus. De plus, le palais semble sous la coupe du Parc des Expositions en raison des quatre tourelles de son entrée monumentale édifiée pour l'Exposition universelle de 1937. Depuis, la mode est au salon ; en premier lieu l'agriculture, en second lieu l'automobile, en dernier lieu le livre. Des drapeaux flottent au sommet des tourelles et les groupes les plus divers se pressent derrière des petits drapeaux ou des parapluies brandis par un cicérone plus ou moins harassé, les enfants des écoles en casquette ou en gilet fluo.

Quid de la tour Triangle ? Il faut se contenter de la regarder sur une maquette ou bien en vidéo 3D et je trouve ce trapèze particulièrement beau au couchant. Les travaux ne devraient commencer qu'en 2020 et s'achever, on peut toujours rêver, en 2024.

Au coin de la rue de Vaugirard, on peut toujours jeter un coup d'œil sur la plus longue rue de la capitale comme en témoigne le n° 407 avant d'entamer la côte vers la porte de la Plaine. Elle est pentue même à pied et la vigilance est de mise pour éviter les bicyclettes et les trottinettes en général électriques qui la dévalent avec une maîtrise toute relative. Un œil sur le trottoir, l'autre sur les immeubles, on peut observer d'assez belles façades décorées de guirlandes, de cornes d'abondance et de macarons. Le 45 justifie un arrêt pour ses émaux, ses colonnes, ses reliefs, ses chapiteaux ioniques. Il date de 1916 et l'architecte en est Léon Boucher, le père d'Hélène, la pionnière de l'aviation déjà rencontrée porte d'Italie (un square) et porte de Vincennes (un lycée). Cependant, l'immeuble est gâché par Niu-Niu, une devanture rose mais vilaine, RELAXATION - MASSAGE - RÉFLEXOLOGIE PLANTAIRE, ouvert 7 jours sur 7 jusqu'à 21 heures, de quoi vous décourager d'habiter une si belle maison.

Après la porte de la Plaine, la boutique AU CHAT BOTTÉ offre dix mètres de vitrine enchanteresse aux amateurs de miniatures automobiles et même aux dilettantes. Je comprends qu'on veuille se procurer cette auguste DS verte grand format, cette Fiat 500 turquoise, nettement plus petite, question d'échelle, mais presque aussi chère, 63 euros au lieu de 65 euros, ce camion Citroën que nous avions vu, en vrai, porte Dauphine, ces caravanes qui évoquent le début des années soixante, ces voitures de course prêtes à s'élancer pour les 24 heures du Mans ou pour des Grand Prix, une Cadillac Queen Elizabeth noire décapotable pour même pas 40 euros, des véhicules publicitaires, Mazda, Goulet-Turpin, Javador (un café), Pâtes alimentaires supérieures Délices. Toutefois, personne ne se presse dans la boutique ni devant. Ni même sur le quai de la station du tramway Georges-Brassens pour y fredonner *Le Boulevard du temps qui passe.*

En face, Saint-Antoine-de-Padoue prend le relais. En béton armé sous la brique rouge, étroite, bien proportionnée, de forme ogivale, l'église diffuse une lumière dorée grâce à un éclairage subtil tout le long de la nef. À gauche de l'autel, une statue de Saint-François est assortie d'ex-votos, des MERCI, un MERCI FERVENT et un SAINT FRANÇOIS D'ASSISE EXAUCEZ-MOI qui date de février 1948. À droite, le même dispositif gratifie saint Joseph, le plus ancien ex-voto de 1937, le plus récent de 2018. C'est la Vierge qui bat tous les records en matière de remerciements et de reconnaissance, parfois « pour une grâce inespérée », on n'en saura pas davantage, mais c'est déjà beau. Saint Antoine, on le retrouve à côté de la sortie, donc de l'entrée, avec l'enfant et le lys comme de juste, le cœur forcément enflammé, toute une chapelle dont les murs sont couverts d'ex-votos. Pour les dons, un tronc en métal précise le mode d'emploi. 1) TIRER LA MANETTE 2) METTRE L'OFFRANDE 3) LÂCHER LA MANETTE.

L'église est flanquée d'une crèche municipale collective et d'un poste de caserne qui semble d'opérette. À côté du pavillon, la Fondation Alexandre-Vassiliev œuvre dans l'expertise d'art. Posée sur un chevalet, la toile d'un homme engoncé dans une collerette rectangulaire en dentelle très XVIIe est due à Van der Helst, c'est écrit sur le rebord du cadre. Il paraît que les contemporains le préféraient à Rembrandt parce que ses portraits étaient moins sombres. Pour compléter le tableau, l'échoppe contiguë vend des maillots, des coupes et des ballons de futsal.

Au-delà du périphérique, un avion en néon vert est posé sur le toit d'un immeuble. LILIGO - COMPARATEUR DE VOLS n'est pas seulement un moteur de recherche qui compare le prix des vols mais une start-up qui réalise environ vingt-cinq millions de chiffre d'affaires annuel. Sans comparaison avec le théâtre de la Plaine qui lorgne sur l'avion vert et qui programme cette après-midi-là *Les Douze Travaux d'Hercule (ou presque).* Revenant vers la porte de Plaisance et le Laboratoire national de métrologie et d'essais, on tombe sur LES AMIS - LES GONES. Ces amis prospèrent sous les platanes derrière Saint-

Antoine-de-Padoue dont on voit mieux les quatre statues d'angle à la base du clocher. Le club met à la disposition des boulistes huit pistes de boules lyonnaises et des emplacements au gré des joueurs de pétanque. Il est là depuis 1921, ouvert toutes les après-midis ; y viennent des hommes, une femme, non, deux, l'un tire, l'autre pointe, un troisième sort de sa poche un aimant au bout d'un fil à plomb pour ramasser les boules sans se baisser. Leur moyenne d'âge me donne un instant l'impression de n'être pas si vieux. L'ambiance est bon enfant, les manteaux posés sur des patères au bord des pistes, un arrosoir accroché à une branche entre des bacs à fleurs installés dans des pneus et un potager, un épouvantail pour dissuader les oiseaux. Il faut souligner qu'il y a davantage de monde en piste qu'à la buvette où un quarteron tape le carton. À la porte, on peut lire les prescriptions fédérales pour les tenues. Sont interdits les débardeurs, les marcels, les jupettes, et les « vêtements troués, délavés, cloutés, bariolés ». On aimerait s'asseoir sur un des bancs, bien que les pigeons aient eu la même idée, s'asseoir entre les taches qui ont eu le temps de sécher, regarder pousser les platanes, souffler un peu.

Lefebvre est un brave entre les braves, autant connu par ses actes de bravoure sur les champs de bataille que par le franc-parler de la maréchale, une blanchisseuse, connue sous le sobriquet de Madame Sans-Gêne. C'était une femme généreuse. Ils eurent quatorze enfants, treize sont morts en bas-âge. La plaque précise que Lefebvre était duc de Dantzig. D'ailleurs, nous sommes au coin de la rue de Dantzig et aussi de la rue Jules-Dupré, avec son immeuble étrange de trois mètres de large maximum. De là, on voit les nouvelles cheminées roses de la cité des Périchaux et un bref conduit devant le mur bariolé d'une tour, une fresque signée Da Cruz dans le genre graffiti *old school* mêlé d'art précolombien.

La cité s'ouvre sur le boulevard Lefebvre, au 133. Rien n'y rappelle la catastrophe. Le 15 janvier 1964, pendant les travaux de construction, la structure s'est écroulée, causant la mort d'une vingtaine d'ouvriers. En face, le square du Docteur-Calmette ravive le souvenir du BCG qu'il a mis au point avec Guérin (pour avoir un square du Docteur-Guérin, il faudrait aller à Rennes). On y voit des tulipiers de Virginie, des gingkos et des ptérocaryas qui sont, non pas des dinosaures volants, mais des arbres d'ornement venus du Caucase, un tas de compost et des nymphes en fort mauvais état, des gamins et des adolescents qui jouent au ballon sur le bitume aménagé, des vieux et des nourrices qui palabrent chacun de leur côté, deux amoureux sous la tonnelle, l'ombre généreuse de mon ami Mathieu.

Porte Brancion - porte de Vanves - porte de Chatillon - porte d'Orléans

La porte Brancion tient son nom de la Crimée. D'un colonel français tué durant le siège de Sébastopol, lors de la prise de la redoute du Mamelon vert défendue par l'armée russe. J'y ai vécu de quatorze à vingt ans dans une barre d'HLM. Du sixième étage, nous avions une vue imbattable sur les trains qui allaient jusqu'à l'océan (mais aussi à Mantes-la-Jolie) et l'ouïe accoutumée au bruit. Dans la cour, les arbres végétaient. Ils n'ont pas grandi. Quand je rentrais du lycée, les bouchers en blouse tachées de sang suspendaient à un croc les carcasses éblouissantes des bœufs. Depuis, les abattoirs sont devenus un marché du livre ancien et d'occasion.

Pendant près de cinquante ans, j'y suis repassé, j'y ai fait quelques courses avec mes parents puis pour ma mère. Et là, une incroyable surprise m'attend. Au coin de la rue Brancion, je n'avais jamais remarqué le 169, boulevard Lefebvre, ni la frise, ni les mosaïques, ni cette espèce de jus jaune italianisant de la façade, jamais. En fait, il s'agit d'une maison de Lavirotte, d'une « maison à petits loyers », lui qui avait doté les beaux quartiers de somptueuses façades Art nouveau. Le constat a de quoi désespérer de nos facultés à voir ce qui nous entoure et, si on veut, de quoi nous réjouir qu'un *tempo* différent, des circonstances singulières, un jour, le permettent. Cependant, à chaque fois que je passe par ici, je revois mon père en imperméable, celui en tergal noir qu'il portait sans le boutonner, juste avant que sa maladie ne se déclarât, le jour où je l'ai vu courir cinquante mètres après l'autobus, le 48 devenu le 95, afin d'aller acheter des livres à la FNAC.

À mon époque, le somptueux Cours des Halles m'épatait avec ses pyramides d'oranges, de pommes et de poires savamment empilées sur des toiles cirées vertes. Il a été rétrogradé en pauvret Rapid'Market - fruits et légumes. En revanche, la pharmacie s'épanouit sans scrupules. Désormais, elle occupe tout un pâté de maisons. Un barbier a remplacé le fleuriste où il m'arrivait d'acheter un bouquet. À sa place, je m'inquiéterais des velléités offensives du pharmacien.

Vers le périphérique, le stade n'a pas bougé. J'avais oublié qu'on lui avait donné le nom de Rigoulot, l'homme le plus fort du monde, comme le résume à l'essentiel le souvenir laconique 149 de Perec. Je me souviens aussi que Rigoulot était haltérophile, catcheur, et qu'il portait sa fille, championne de patin à glace, sur un bras. Un arrêté du ministre de l'Intérieur et du secrétaire d'État à la Jeunesse et aux sports (qui venait d'être créé) avait approuvé la délibération prise par le Conseil municipal de Paris à l'unanimité moins une voix, un drôle qui de surcroît ne devait pas aimer le sport et qui aurait proposé le nom d'un clochard qui dormait depuis vingt ans sous les tribunes.

C'est peu dire que malgré les souvenirs ce tronçon du boulevard Lefebvre manque de charme. Pour compenser peut-être, des bien-intentionnés sinon des bien-pensants ont ouvert LOVE STORE. En vitrine, on peut apercevoir – ou admirer – une profusion de sous-vêtements incarnat évidemment destinés à être enlevés. Une annonce RECHERCHE VENDEUR OU VENDEUSE assortie d'une promesse de contrat à durée indéterminée est placée devant un pénis-tour Eiffel rose bonbon. En face, au pied de la cité, la boutique QUAI D'ART n'a toujours pas renoncé à proposer des cadeaux-porcelaine-souvenirs qui commencent à dater, notamment des estampes japonaises sous verre, ponts sur des rivières, montagnes enveloppées de nuages, etc., certifiées originales, à côté d'un album de *Boule & Bill*, le numéro 23, *'faut rigoler !*, d'assiettes à dessert et de lampes à abat-jours en crêpe et fleurs de prunier.

Le boulevard passe ensuite sous les voies ferrées de la gare Montparnasse avant d'arriver porte de Vanves. La station de métro n'est plus le terminus de la ligne 14 mais une station lambda de la ligne 13. Tout change. Et que dire de l'immeuble de bureaux de standing « Le Jour » qui s'est substitué à la salle de cinéma où j'ai découvert un autre cinéma qu'au ciné-club du lycée, *Cent mille dollars au soleil*, qui ne valait peut-être pas sur le plan esthétique *Alexandre Nevsky* même si les démêlés de Belmondo et Ventura dans les sables du désert selon Henri Verneuil ne pâlissaient pas devant la bataille sur un lac gelé tournée par Eisenstein. En prime, au Majestic Brune, une ouvreuse vous proposait des esquimaux, pas au lycée.

De l'autre côté de la porte, une Maison du projet est fermée et ne laisse rien entendre de ses projets, tant pis. La rue Julia-Bartet accueille les allées et venues des adeptes du marché aux puces. Naguère, cette immense actrice tournait les cœurs ; la preuve, cette histoire relatée par Léon Daudet que je ne résiste pas, à mon tour, à rapporter. Alphonse, le père de Léon, et le père des *Lettres de mon moulin*, raconte un jour à son fils le dîner inoubliable où il est assis à côté de Julia ; il sent « le grand vent de la fatalité, [l'appel] de la femme pour qui on abandonne tout » ; il croise le regard aimant de sa femme assise en face de lui, mais rien n'y fait, « il a fallu qu'à cette minute-là, je pense à toi, oui, à toi, dans ton petit lit », fin de la tragi-comédie.

Sur la place attenante, une boucherie merguez est contiguë à l'épicerie Song Hen et un mur joliment coloré proclame OUR HOPE IS IN YOU. Un globe, un ballon, une glace (trois boules), un rhinocéros sont de la partie, des bancs sont peints du même badigeon, une allée plantée d'arbres et d'arbustes conduit jusqu'à un terrain de basket posé au-dessus du boulevard périphérique. À portée de main, on a l'immeuble imposant de l'INSEE et le panneau municipal MALAKOFF-VILLE FLEURIE en lettres vertes sur fond jaune. « Ensuite c'est Malakoff. À dix mètres du Périphérique, sans la moindre transition un pays de fond en comble différent, aussi peu réductible à Paris qu'assimilable à une province, encore qu'il m'évoque étrangement l'Auvergne ce matin, une Auvergne non seulement mythique mais soviétique et musulmane comme l'Azerbaïdjan. » C'était le moment ou jamais de montrer la puissance de ce que nous pouvons encore nommer littérature, à travers ce livre de Jacques Réda qui a contribué à faire ce que je suis devenu, *Les Ruines de Paris.*

De poète en poète, on en vient au lycée François-Villon. Il y a mieux sur le plan de l'assiduité scolaire mais la Ballade des pendus n'a guère d'équivalent en ces temps de gueux où nous avons replongé comme en témoignent des tentes de secours aux abords de la rue Vercingétorix. Les puces lui vont bien aussi, à Villon, un peu moins cette fatuité de se targuer d'être le seul marché antiquité-brocante *intra-muros* de la capitale, au prétexte qu'à Montreuil elles campent de l'autre côté d'une ligne aussi imaginaire que l'équateur. D'ailleurs, il faudrait ajouter brocante hebdomadaire étant donné la mode harassante des brocantes et des vide-greniers où les chalands se complaisent à acquérir des bibelots, des babioles et tout le toutim.

À la sortie du lycée, une rue a un air guilleret avec ses portes et ses grilles aux fenêtres peintes en couleurs vives, jaune, bleu, rouge, vert ; avec un Atelier vélo solidaire où chacun vient dans la bonne humeur utiliser les outils mis à sa disposition sur un établi ; avec une Réserve des arts, spécialisée dans la récupération et la valorisation d'objets divers pour la création. Si les rues ont souvent des noms de militaires (général, lieutenant, capitaine, etc.), d'autres détonnent comme ce Pierre-Leroy dont la plaque précise qu'il vécut de 1715 à 1785, qu'il fut horloger et qu'il perfectionna la montre marine (un chronomètre utile à déterminer avec exactitude la longitude). Au coin de la rue, une boutique d'aquariophilie expose des coraux faramineux, plus artificiels tu meurs, mais ça ne doit pas suffire, même avec les aquariums, pour le commerce. Un salon de toilettage fait l'appoint et je suis globalement rassuré par l'icône qui ne représente pas un poisson mais un chien. Si je tourne les talons, je tombe sur le Théâtre 14. Je ne m'y suis rendu qu'une seule fois, mais c'était pour *La Reine morte* et j'avoue que ce fut très beau.

Repartant de la porte de Vanves par le boulevard des maréchaux, on a d'un côté des HLM qui datent de 1928 puis des années trente. Si le paysage est assez monotone, la monotonie a ses charmes et ces ensembles donnent une certaine impression d'aisance. De l'autre côté du boulevard, on observe une alternance inhabituelle d'immeubles anciens et

– relativement – modernes, sans oublier un Centre dentaire clinquant qui prouve que l'industrie des prothèses dentaires a pris de l'avance sur l'industrie des prothèses auditives. Sinon, ce sont toujours les mêmes boutiques depuis le début de ce périple. Quelques surprises toutefois pour peu qu'on n'aille pas trop vite ; un salon de coiffure propose un lissage brésilien, il faudra que je me renseigne, à partir de 145 euros, ça me laisse pantois ; une boulangerie affiche en vitrine une large couronne bleu-blanc-rouge de blé en guise de laurier accompagnée du commentaire « fournisseur officiel de l'Élysée ».

Le Lycée public, technologique et professionnel Raspail forme notamment des bacheliers aux métiers de l'énergie et du développement durable. Ce n'est pas étonnant, sous les auspices d'un humaniste attentif à la santé des milieux populaires, qui avait inventé une liqueur de dessert digne d'un élixir de jouvence. Plus étonnant en revanche le nom donné au centre sportif. Jules Noël était peintre ; il peignit des falaises, un rémouleur, le duc et la duchesse de Nemours s'embarquant en chaloupe, il fit des dessins du bagne et grava des naufrages ; en guise de sport, il sombra dans l'absinthe et perdit des fortunes dans les cercles de jeu. Étonné par ce sens de la plaisanterie peu coutumier à la mairie, j'ai cherché une explication. J'ai fini par la trouver. Un homonyme fut discobole et porte-drapeau aux Jeux de Berlin. Et c'est sa statue qui est donc à l'entrée du stade. Accessoirement, elle a quand même à voir avec la peinture, car des plaisantins lui ont versé sur la tête un seau de peinture jaune citron.

Le cimetière dit de Montrouge est dissimulé par un très long mur. Au bout de l'avenue Ernest-Reyer, une boutique de paintball loue des fusils, des masques, des armures et des billes de couleur. Reyer reste célèbre pour avoir composé une marche funèbre à la mémoire d'un maréchal de Napoléon, une musique mise en paroles par Théophile Gautier, *De profundis morpionibus,* dont on devine le mauvais goût. L'entrée du cimetière est quasiment sur le périphérique, les marbreries et les fleuristes de l'autre côté, ce qui constitue une forme originale de continuité entre Paris et sa banlieue. Ici, on ne doit pas s'ennuyer, il y a Audiard et Coluche, et encore deux cyclistes, Pélissier (Charles), bien connu au moins des cyclistes, et Henri Mouillefarine, nettement moins connu malgré sa médaille d'argent de poursuite par équipes sur piste aux Jeux olympiques (Los Angeles, 1932). Une place a été faite aux magnifiques suicidés, Crevel et Nicolas de Staël.

Porte de Châtillon, sur le quai du tramway, on le reconnaitrait même de dos. Jean Moulin a son feutre sur la tête, on sait ce qu'on lui doit et le boulevard Brune ne lui aurait pas déplu. Brune était un général républicain, nommé ambassadeur à Constantinople par Bonaparte consul qui se méfiait de lui, promu néanmoins maréchal puis mis en disponibilité. Il plantera des pommiers, en attendant les Cent-Jours où il sera d'une loyauté à toute épreuve. Menacé par la foule avignonnaise au début du mois d'août, il mange deux pêches blanches, il écrit une lettre à sa femme, quand il est assassiné à la carabine d'une balle dans la nuque, non seulement assassiné et dépouillé, mais son cadavre traîné par les pieds, savaté, poignardé, une centaine d'estocades, jeté dans le Rhône, fusillé encore pendant une heure, condamné à dériver au fil de l'eau pendant trois jours. La plaque apposée sur la façade de l'auberge, ICI FINIT TRAGIQUEMENT LE MARÉCHAL BRUNE, a tout d'un euphémisme. Eh oui, c'est une vie, c'est la vie, que « d'en disputer les instants au passé ».

Brune est né à Brive comme Bergounioux et il avait rédigé, lui, un *Voyage pittoresque et sentimental en Aquitaine*. Un peu plus loin sur le boulevard, la Ligue Auvergnate & du Massif-Central voisine avec une boutique de matériel de cuisines professionnelles sûrement propices à l'aligot ou à la truffade. En face, aux numéros 159-163, une belle bâtisse laisse deviner une chaîne hôtelière très discrète qu'on pressent luxueuse. En fait, il s'agit de l'ancienne usine Pradel, spécialisée dans l'optique, avant de devenir une imprimerie puis une entreprise de transports de fonds, une évolution qui, d'un certain point de vue, pourrait paraître logique. Juste à côté, enchâssée dans un bloc de maisons, la chapelle Saint-Paul est à peine visible.

Sur la grille bleu azur fermée, une feuille de papier est scotchée : « Étant malade, je ne peux pas assurer le temps d'adoration eucharistique de ce soir. Veuillez me pardonner. »

Les grands hôtels prennent la suite jusqu'à la porte d'Orléans. Mercure, Terminus, Acropole sont installés dans de beaux immeubles anciens. Les bouches de métro et la recrudescence des petits commerces au mètre carré favorisent un affairement et une animation qui contrastent avec le calme précédent. L'odeur de rôtisserie donne faim. Un salon de coiffure prétend relever à la fois du Concept et de l'Universel ; je me lance dans une étude comparative du lissage brésilien dont je suis devenu spécialiste : 199 euros les cheveux courts, 319 euros les cheveux longs et 379 euros si d'aventure vous les avez épais, mais pour ce prix vous avez le « coiffage ». Le square du Serment-de-Koufra semble vaste, calme, bien entretenu, contrairement au terminus des autobus plutôt délabré et squatté si on en juge par les matelas et les couvertures qui traînent sous les abris. Le maréchal Leclerc regarde tout ça d'un œil lointain. Il a l'air décidé, pas bien grand, posé sur un piédestal haut trois fois comme lui, en inox habillé de plaques de bronze, il marche entre les deux hampes surmontées d'une croix de Lorraine, la réclame pour une entreprise de puces électroniques cotées au CAC 40 dans le dos. De là-haut, il voit un sol de graviers roses, les lettres dorées de son fameux serment et l'avenue qui rejoint le cœur de Paris. Personne ne le regarde, lui, et nous restons seuls au pied de la statue, mon amoureuse et moi, vaguement émus quand même de ce que représente l'entrée de la 2e DB.

Porte de Gentilly - poterne des Peupliers

Je ralentis. Je pourrais être tenté d'accélérer mais j'ai conscience que j'entame l'avant-dernière étape, que ce tour de la zone va bientôt se terminer et, comme j'y ai pris beaucoup de plaisir, l'envie de le prolonger est assez naturelle.

Au coin du magasin de motos japonaises, une vieille réclame GOM 2 roues date sans doute du temps où c'était un spécialiste du pneu. Ensuite, les anciens ateliers de la RATP ont été transformés, aménagés en immeubles placés sous le signe de la mixité ; résidence étudiante, logements sociaux, appartements en accession libre, crèche. La façade est originale, l'ascenseur incliné que les passants aperçoivent à l'angle de la rue de la Tombe-Issoire l'est davantage encore. Le projet se veut à la fois prosaïque, poétique et métaphorique et il se place lui-même dans la perspective de l'architecture constructiviste soviétique des années vingt. On ne le saisit pas forcément au premier coup d'œil mais l'intention démontre que le passé n'en finit pas de perdurer.

En face, les HLM sont du registre classique habituel. La rue Le Brix-et-Mesmin réunit les deux aviateurs, morts en 1931. Les obsèques se déroulèrent à Notre-Dame et on donna leurs noms à cette rue dès 1932. C'est dire l'émotion soulevée par leur disparition. Le Brix habitait dans le quartier. Il était parti loin ; le compte rendu de leur tour du monde avec escales dans *L'Ouest-Éclair* ne mégote pas : « Jamais conquérant, jamais roi ne reçut pareille ovation, ne souleva pareille clameur de reconnaissance et d'amour » ; subventionnés par le propriétaire du *Figaro*, ils tentèrent d'établir un record du monde de distance sans escale ; à cause d'un épais brouillard et de la défaillance du moteur, leur monoplan s'écrasa dans l'Oural, à une centaine de kilomètres au nord d'Oufa. La rue Georges-de-Porto-Riche renvoie à une autre histoire, de moindre altitude, qui vaut néanmoins le détour même si la rue elle-même ne le vaut pas. Georges rêvait d'entrer à l'Académie française ; il multiplia les candidatures, il décrocha le pompon lors d'une élection qui nécessita vingt tours de scrutin, il succéda à Ernest Lavisse que nous avons déjà rencontré à l'arrière du boulevard Soult, comme si les titulaires du fauteuil n° 6 étaient voués à la périphérie, mais il ne voulut pas se fatiguer à lire tous les tomes de son *Histoire de France*, il se contenta de quelques lignes dans son discours, on lui demanda de le reprendre, il refusa, il ne fut jamais reçu sous la Coupole. Je ne sais pas s'il s'acheta l'habit et l'épée.

Au bout de la rue, Georges s'efface devant Ambroise. La place Ambroise-Croizat est moins une placette qu'un triangle asphalté et « végétalisé », chargé de perpétuer la mémoire du ministre communiste qui organisa la sécurité sociale, on peut le lire sur les trois plaques installées à chaque sommet du triangle. Au milieu, une boîte à livres n'est pas vide, c'est une bonne surprise. *Les Aventures de Monsieur Pickwick* y trônent, en poche, jaune citron, mais Dickens ne semble pas intéresser le moins du monde les trois jeunes garçons assis à califourchon sur un banc et scotchés à leur téléphone portable.

En fait, le triangle a été dessiné et prélevé sur l'avenue Paul-Appell, un mathématicien. C'est l'occasion de brosser une de ces dernières « vies » brèves qui participent du paysage. Il avait bien commencé, dès 1876, avec un ouvrage *Sur les propriétés des cubiques gauches et le mouvement hélicoïdal d'un corps solide* qui laisse à la fois admiratif et songeur, d'autant qu'il l'aurait rédigé pendant sa convalescence après une fièvre typhoïde. Il fut professeur, doyen, recteur, il fit partie des premiers dreyfusards, il créa un organisme de solidarité dont la vocation consista à « venir en aide aux femmes, aux enfants, aux vieillards, sans distinction d'opinions et de croyances religieuses », il épousa la nièce de Charles Hermite qu'on a croisé, lui, au chapitre 11 du côté de la porte d'Aubervilliers, la première de leurs trois enfants a été une écrivain président du jury Femina, et enfin, ce qui lui vaut sans doute cette large avenue à cet endroit, il a fondé la Cité universitaire internationale.

Le côté impair de l'avenue est occupé par le stade Élisabeth. J'y ai joué au tennis l'année 2017, l'hiver sur une moquette usée. Mais quelle Élisabeth ? Après tout, en 2014, on a bien rebaptisé le marché aux fleurs et aux oiseaux de l'île de la Cité - MARCHÉ AUX FLEURS REINE-ELIZABETH II. Il aura fallu chercher mais j'en aurai été récompensé. Élisabeth est la femme de M. Bessonneau et M. Bessonneau est un patron de filatures venu d'Angers où son père avait déjà créé La Lyre de l'Anjou, une harmonie musicale qui donnait tous les jeudis une aubade à la sortie des ateliers. Emballé par une démonstration de gymnastique, Bessonneau fils propose au président du club Fémina Sport d'offrir un justaucorps aux cinquante jeunes filles du club. Le président le remercie, lui dit qu'il préférerait un lieu où elles pourraient s'entraîner et lui parle d'un terrain accessible dans le dédale des anciennes fortifications. En reconnaissance, le stade porte donc le prénom de Mme Bessonneau. Réservé aux femmes, Fémina sera désigné meilleur club sportif français et seule la création des quatre premiers courts de tennis en 1966 permettra la mixité, donc ma présence sur ces lieux.

De retour sur les maréchaux, on longe l'École normale supérieure qui fut à mon époque celle des jeunes filles dont demeurent les corps de bâtiments au crépi gris qui n'ont pas encore été rénovés. Aujourd'hui, l'école s'élève sur quatre étages et un socle constitués de panneaux de bois de mélèze, le verso, et d'inox poli, le recto, des « brise-soleil(s) » verticaux et mobiles puisque la Terre tourne autour du Soleil. Si l'école est encore dévolue à la géographie et maintenant aux sciences sociales, elle est redoublée par Research University Paris *and* Paris School of Economics. On n'accède au hall qu'avec un « badge obligatoire ». À côté, l'Institut Mutualiste Monsouris reste à tout jamais l'Hôpital international universitaire où sont nés nos trois garçons.

Une Villa Medvès retient l'attention (du flâneur exclusivement). Bâtie dans les années trente par l'architecte éponyme, elle forme l'arrière-garde de tout ce quartier de villas imprégné par les peintres. Quant à LA MAISON DU KILT, je suis sûr de ne pas en avoir encore vu. Elle propose au flâneur des tartans princiers et sûrement confortables portés par des mannequins, des écharpes dans le même tissu écossais, et tout un lot de couteaux et de bagues pour tous les goûts, croix de Malte ou faucille et marteau, deux crânes colorés, il va de soi que le violet est à la mode, des broches et des épingles, je suppose qu'elles servent à fermer les kilts.

En face, deux fontaines d'eau très claire coulent de deux médaillons, un dieu et une déesse, à l'avant d'un simple bâtiment de plain-pied en pierre taillée, un parallélépipède surmonté d'une double rangée de plaques de métal posées sur les quatre côtés du bâtiment. Elles sont légèrement inclinées vers l'extérieur, comme les rabats d'un carton, pas assez pour que nous nous y réfléchissions mais le tramway et les voitures, oui ; elles sont en inox brillant et martelé et font des ondulations qui peuvent donner l'impression d'une surface liquide. D'après l'artiste, Claude Lévêque, qui lui a donné le nom de Tchaïkovski, l'œuvre d'art est un diadème, qui conviendrait donc à ce bord de la couronne. Derrière le bâtiment, une pelouse bien entretenue va jusqu'à un autre local, au bout de l'avenue David-Weill. C'est le poste d'Arcueil ; on lit EAU DE PARIS, qu'on n'y pénètre pas sans gants, lunettes et chaussures de sécurité, et qu'on y traite les eaux de l'aqueduc du Loing.

Sans entrer dans le parc Montsouris, qui doit à la volonté de Napoléon III d'imiter les parcs de Londres, et qui tient son nom des rongeurs qui proliféraient au bord de la Bièvre, on bénéficie de sa présence. D'un rouge vermillon éclatant, Le Chalet propose un service non stop ; le jour où j'y passe, les spaghettis bolognaise sont à 13,50 euros, c'est peut-être bon, même à toute heure, mais ce n'est pas donné. Puis on peut lire sur la mire du Sud censée donner le méridien de Paris

DU RÈGNE DE

MDCCCVI

et je devine que le nom de Napoléon a été retranché à coups de burin. À deux pas, un autre général caracole sur son cheval de bronze. La statue de San Martin rend grâce au « Libertador » et, joliment en espagnol, « homenaje permanente al virtuoso patriota ». Mieux encore, il préféra renoncer au pouvoir plutôt que de le conserver. Après la gare du RER, un homme aux trois quarts de dos, en habit doré, s'adresse à la foule. C'est Thomas Paine, le révolutionnaire américain qui traita Napoléon de charlatan, et qui se définit lui-même comme « citoyen du monde ». Il est à sa place ici, on aimerait que Paris soit à son image.

Le temps se gâte avec le magasin Boulinier, un beau magasin j'en conviens, mais que vous puissiez acquérir deux livres de poche pour 0,50 euro donne une idée de la valeur d'échange et d'usage de la littérature. Les DVD ne se portent pas beaucoup mieux, seuls les vinyles sont un peu plus onéreux, et que les 50 CD de Beethoven « par les plus grands artistes » soient à 25 euros n'a rien d'une consolation. Enfin, au rayon « tout-venant », c'est quasiment donné (je ne donne pas de noms). À ce rythme, un jour, pas si lointain, on paiera le lecteur pour qu'il reparte avec un livre.

Sur les tableaux officiels, Kellermann est rasé de frais, il a conservé les ailes de pigeon roulées et fardées de sa perruque, quand Jourdan arbore ses rouflaquettes et laisse flotter ses cheveux au vent. Kellerman c'est Valmy (la première victoire militaire pendant la Révolution) et Jourdan c'est Fleurus (la dernière victoire militaire pendant la Révolution), ils commanderont tous les deux en Italie, c'est Kellermann qui porte la couronne de Charlemagne lors du sacre et Jourdan qui escorte le carrosse impérial.

L'un et l'autre sont probes mais s'enrichissent et ils reçoivent en dotation des châteaux qu'ils doivent d'abord à leur bâton.

Kellermann succède à Jourdan à hauteur du stade Charléty. J'y ai des souvenirs qui tiennent autant au PUC (Paris Universitaire Club) qu'au PSU (Parti Socialiste Unifié). En face du stade, l'immeuble de la Garde républicaine suggère que les gardes républicains ont des familles nombreuses et l'immeuble fastueux de la Mutuelle suggère que les mutuelles s'enrichissent un peu comme des maréchaux. En contrebas du stade, les noms des rues célèbrent tout un lot de ciseleurs et fondeurs du XVIIIe siècle ; il y a Thomire, qui reçut la commande du berceau du fils de Napoléon ; il y a les Caffieri, toute une famille, qui multiplia les anges, les chandeliers et les commodes ; il y a Gouthière qui inventa la dorure au mat. Il y a aussi un énième jardin en bordure de la capitale ; d'ici on peut non seulement entendre les matchs, ce qui est déjà beau, quand on aime, mais on peut les voir à travers les travées de béton. Enfin, la préfourrière se signale par une porte bleue, minuscule, ouverte 24 heures sur 24. SONNEZ !

Tout, le stade, les HLM, le jardin, les ciseleurs, la préfourrière, tout donne sur le cimetière qu'on voit si bien du boulevard périphérique. La vedette en est un zouave guérisseur joueur de trombone. Sa tombe est dans l'allée du Sommet ; il faut aller tout droit, dépasser l'allée des Sycomores, revenir en arrière si on a emprunté l'allée de la Glacière. C'est la tombe la plus fleurie, par SES MALADES RECONNAISSANTS et la grande armée des crédules. Le zouave avait appris à jouer du trombone dans le 1er régiment de chasseurs à cheval avant d'exécuter dans un cirque des numéros de trapèze et de voltige équestre avec un singe, puis il s'était enrôlé dans les zouaves où il jouait du sax-horn. La rumeur de ses pouvoirs thaumaturges grandissant, la foule se rendant au camp militaire pour se faire soigner, il dut s'installer à Paris où il multiplia les miracles. Il ne faisait pas payer les visites qu'il orchestrait par groupes, il vendait pour un franc une photo de lui en zouave et il écrivit des livres comme *L'Art de conserver sa santé et de se guérir soi-même* où il prétend que tous les médecins étaient des charlatans. À la suite d'un procès et d'une légère peine de prison, il devint un sujet de vaudeville mais la fréquentation de son cabinet ne se démentit pas. À la veille de la guerre, à quatre-vingt-cinq ans, en pleine santé, il mourut.

À la sortie du cimetière, la rue Sainte-Hélène tombe à pic alors que s'achève notre tour du boulevard des maréchaux, là où Napoléon, en exil, distribuait encore les bons et les mauvais points, les bons et les mauvais dans le même papier cadeau, ainsi pour Jourdan, considérant qu'il était « très brave un jour de combat, en face de l'ennemi et au milieu du feu ; mais [qu']il n'avait pas le courage de tête au milieu du calme de la nuit » ; et pour Kellermann, qu'« il avait beaucoup de bonnes qualités ; mais [qu']il était tout à fait privé des moyens nécessaires pour la direction d'une armée en chef ». Cependant, ce Sainte-Hélène n'est qu'un hasard, un lieu-dit, qui nous reconduit vers la poterne des Peupliers. En chemin, le Relais, le centre d'hébergement et de réinsertion sociale, m'offre une nouvelle bouffée d'émotion.

La poterne, c'est la petite porte, ouverte ou fermée, dans la muraille d'enceinte d'une fortification, et c'est une galerie voûtée comme on l'a déjà vue à Montempoivre. Ici on en a même deux, en parfait état de conservation malgré quelques fresques urbaines. Sur un poste de transformation haute tension très certainement désaffecté, un bon vieux DÉFENSE D'AFFICHER a été détourné par un drôle en DÉFENSE DE FICHER LOI DU 29 JUILLET 1881. Et puis, je voulais voir *Mirage*, les palmiers plantés là par Bertrand Lavier, qu'un mécanisme aléatoire faisait apparaître, j'avais vu les photographies, admiré le concept et la réalisation. J'ai guetté, j'ai attendu. Il semblerait qu'ils aient disparu. Où qu'ils soient, ils ne sont plus à leur place. La zone était leur terrain d'élection. Cela dit, ils laisseront, au moins pour moi, une trace inoubliable et légèrement obsédante des virtualités de l'art dans la ville.

Cité universitaire

Par sa paradoxale homogénéité, la Cité internationale universitaire légitime une excursion distincte. Le voyage a un aspect dépaysant qui tient moins au fait de se retrouver devant une maison dont l'architecture évoque un pays étranger que de se retrouver – en même temps – devant des maisons qui relèvent d'un espace différent. Cette réalité crée non seulement un décalage dans l'espace et le temps mais aussi une contraction de l'espace, donc du temps. Si le dépaysement est une sensation agréable, s'il existe un bonheur du dépaysement que nos voyages ne cessent de circonscrire, ici c'est autre chose. Nous ne sommes plus tout à fait à Paris mais nous sommes à Paris, on le sait bien, et finalement cette Cité universitaire ne correspond-elle pas à l'essence de l'identité parisienne, d'un Paris cosmopolite par ses habitants, par ses arbres, par le nom de ses rues, par ses commerces, par son histoire même ?

La cité internationale universitaire s'est construite sur quarante hectares libérés par la démolition des fortifs, boulevard Jourdan, une quarantaine de pavillons datant la plupart des années trente et de tous les continents. Néanmoins, on observe deux grands vides géographiques : l'Europe centrale et orientale, l'Afrique noire. Cinq mille étudiants d'environ cent vingt nationalités y vivent. Les piétons sont prioritaires et l'accès aux chiens est réservé aux chiens dotés d'une autorisation préalable.

Je ne m'attendais pas à la retrouver là, Simone de Beauvoir, plutôt dans le cœur qu'à la frontière de la ville. Mais elle se rappelle très bien les matinées de labeur à potasser un discours de métaphysique (qui compare nos sentiments confus au murmure de la mer) avant ces après-midis de récréation à la foire de la porte d'Orléans : « On jouait au billard japonais, au football miniature [je suppose qu'il faut comprendre baby-foot mais c'est très joliment dit], on tirait à la carabine, je gagnai à la loterie une grosse potiche rose. » Puis la petite troupe des philosophes en herbe s'entassait dans une petite automobile pour un tour de Paris sur les maréchaux.

Si on entre par l'ouest, on est tout de suite dans le vif du sujet avec la Maison des étudiants de l'Asie du Sud-Est (anciennement Maison de l'Indochine car il faut vivre avec son temps). Le dragon sur le fronton, les tuiles vernissées, les angles de toit relevés en bec de tourterelle ne laissent aucun doute sur son origine géographique. À côté, le Collège néerlandais a une place logique dans la mesure où les

Bataves se sont beaucoup dépensé pour conserver leurs colonies en Asie du Sud-Est. Ses lignes sont rigoureuses, il représente un bel exemple de l'avant-garde constructiviste. À sa fraîcheur, je suppose qu'il a été récemment rénové. Sur la façade de la Maison des provinces de France, les écussons me plaisent par leurs couleurs et me désemparent ; je n'en reconnais aucun, sinon le Roussillon, si c'est bien le Roussillon. L'esplanade est placée sous l'égide de deux satyres embouchant une trompette, deux statues de satyres, qui sont des centaures quand on les voit des plus près, des centaures en grès venus de la Manufacture de Sèvres, pourquoi pas. Quant à la Fondation hellénique, on ne s'y trompe pas avec ses chapiteaux ioniques, sa frise, son drapeau à bandes bleues et blanches horizontales, les noms en lettres grecques de Solon et d'Aristote.

On ne devrait pas se perdre dans la Cité internationale universitaire tant il y a de plans et tant ces plans sont bien faits. Je m'aperçois ainsi qu'on a raté la Fondation Abreu de Grancher dont les mérites sont soulignés. Il faut donc retourner vers l'entrée ouest, revoir l'immense panneau FONDATION DE CHINE - RENDEZ-VOUS PROCHAINEMENT. La Maison de Cuba est monumentale, certes, mais le style colonial n'est pas à la hauteur des vieilles demeures créoles. Du jardin, on ne voit pas ses acajous luxueux. On reste dehors, on ne va pas entrer ni coller notre nez sur la fenêtre, pas plus que nous ne l'avons fait pendant ce tour de la zone.

Abreu de Grancher est le nom de Madame Rosa, propriétaire d'une plantation de canne à sucre. Par association, je repense au voyage de Desnos à La Havane d'où il avait rapporté un stylo Parker que ses amis lui avaient offert avant de repartir, la rumba et le souvenir émerveillé de la robe à volants de Mademoiselle Hortensia.

De l'autre côté d'une avenue déserte qui coupe la cité en deux, on retrouve des tennis, des pelouses, des landaus, des ballons, une moyenne d'âge roborative, beaucoup de chiens, sans doute beaucoup moins de chiens que d'autorisations préalables, quelques touristes. Entre la Maison des étudiants canadiens dont le corps principal affiche un merveilleux crépi framboise, la Fondation Deutsch de la Meurthe dont le genre manoir s'étend à tout le quartier et l'« estancia » argentine avec la saillie de son toit de tuiles et son drapeau à bandes bleues et blanches horizontales lui aussi, le voyage continue.

Délimitée par d'immenses buis cylindriques, la grande pelouse accueille des étudiants et des promeneurs qui ont fini leurs études ou qui ne les ont pas commencées, des joueurs de ballon, des lecteurs de romans, des casqués qui écoutent des musiques du monde, des jeunes lancés dans des discussions passionnées ou nonchalantes, des solitaires allongés qui bronzent, des moins jeunes qui regardent le temps qui passe. Tout au sud, la Maison de l'Allemagne porte le nom du plus parisien de ses citoyens,

Heinrich Heine. Un arc pour la paix la précède ; c'est une sculpture en bois, des lattes de caisses sinon de gros cageots qui la rendent aérée, une arche de quatre mètres de haut et douze mètres de large flanquée d'une INTERDICTION FORMELLE DE MONTER. À deux pas, j'avise un paon magnifique qui fait la roue, encore plus magnifique quand on s'en approche, quand on comprend que les plumes qu'il déploie en éventail et les ocelles sont des disques CD, des culs de bouteille en plastique vert, des bouchons bleus. Il a été fabriqué à partir des déchets récoltés dans la cité, « un regard suffit pour changer les choses », la preuve.

Au-delà de la Maison du Cambodge, la passerelle du Cambodge conduit de l'autre côté du périphérique. Elle est ouverte tous les jours de 6 heures à 23 heures. De l'autre côté, il est indiqué qu'elle est fermée tous les jours (toutes les nuits) de 23 heures à 6 heures. Autrement dit, la perspective change selon d'où on vient. La vue est rare. D'un même coup d'œil, on a sous les yeux le boulevard périphérique et l'autoroute du Sud ensoleillée par des tags au moins précolombiens à l'entrée des deux tunnels. L'église du Sacré-Cœur si familière à tous les usagers du périphérique et aux fidèles de la Cité internationale universitaire n'emporte toujours pas la conviction malgré son style néo-roman ou byzantin. À gauche, en entrant, une plaque de marbre remercie de leur générosité M. Lebaudy, le roi du sucre, et Mme Lebaudy. L'intérieur ne retient guère l'attention.

À droite, on arrive en deux minutes à l'avenue Lénine, dénuée de tout charme malgré la bienveillance de Gentilly. À gauche, sur une centaine de mètres, on a une kyrielle de petits restaurants, un kinoa-kitchen, un vietnamien, une pizzeria, des portugais, rôtisserie, « churrasqueira », les Lieutades, spécialiés franco-portugaises, salées et sucrées, on entend parler portugais, les hommes entre eux, une femme au téléphone portable. À intervalles réguliers, des petites rues s'enfuient à la perpendiculaire, conservant par quel miracle, ou endormissement leur cachet des années cinquante.

Au bout de ce petit paradis lusitanien, une place, qui n'est qu'un faux rond-point, a reçu le nom de Mazagran. Drôle d'idée, puisqu'il y a déjà une rue Mazagran dans le 10e arrondissement et que la colonisation de l'Algérie n'est pas vraiment une belle page de l'histoire française. L'IPSOS, le roi des sondages, y a établi son siège élégant, verre et béton, confié à l'architecte du stade Charléty. Pour retourner dans la Cité universitaire, il suffit de passer sous le périphérique. Le siège de la Fédération française d'athlétisme est à la sortie de la bretelle intérieure. Quelques naïfs patientent à la station de bus pour l'aéroport d'Orly sans se douter que le bus ne s'arrête pas s'il est parti complet de Denfert-Rochereau.

À l'entrée sud, à droite, la Maison du Brésil est aux couleurs du Brésil, auriverde, à savoir jaune et vert, et rouge formica aussi ; à gauche, la Maison du Portugal a toute ma sympathie. Désormais, j'avance en zigzag, pour écarter un soupçon de lassitude. Au hasard des embranchements, je vois donc des maisons ou fondations, la Norvège, framboise comme sa consœur canadienne, avec une tourelle camouflée par le lierre, le Danemark d'une épatante sobriété, le Maroc avec son toit vert en pavillon, l'Italie qu'on reconnaîtrait à peine si on ne lisait sur la façade ITALIA, les États-Unis adossés à une avenue Rockfeller. Cette avenue porte le nom de John Davison Rockfeller, le premier milliardaire, le premier philantrope aussi, car John Davison, tout fondateur de famille qu'il fut, avait un père, William Avery, un marchand ambulant qui vendait pour à peine quelques dollars des flacons d'huile mélangée à du laxatif comme médicament miracle contre le cancer.

Pour habiter, j'hésiterais entre la Maison des étudiants suédois et la Maison du Japon. Celle-là paraît agréable, celle-ci a non seulement un mais deux jardins japonais, l'un devant, l'autre sur le côté, dotés des attributs du jardin japonais : le petit pont, les bambous, les rochers, les galets. Par la fenêtre, on voit le grand salon et, tout au fond du salon, les Foujita, le copain de Desnos, le premier mari de Youki, oui, on aperçoit ses toiles dorées car recouvertes d'un fond d'or, un triptyque représentant l'arrivée des Occidentaux sur l'île de Nagasaki au XVIe siècle.

Et voici l'Espagne, les tours carrées surmontées d'une terrasse inspirée par le palais de l'Escurial et, à l'entrée, la Dame d'Elche, je la reconnais à sa coiffe. C'est un buste en calcaire, très ancien, la dame porte une mantille soutenue par un peigne, des boucles d'oreilles immenses et des vestiges de couleur rouge sur les lèvres. Le modèle original a campé près d'un demi-siècle dans une salle du musée du Louvre, qui l'avait achetée pour une bouchée de pain à la propriétaire du terrain où elle avait été découverte à l'occasion de travaux de déblaiement dans le jardin, avant de revenir dans son pays, rendue par Pétain à Franco sinon à l'Espagne, dans le même convoi que *L'Immaculée Conception des Vénérables* – dite de Soult puisque le maréchal, j'y reviens, l'avait volée – en échange d'une pâle copie d'un *Portrait de Marie-Thérèse d'Autriche* par l'atelier de Vélasquez.

Voici encore le Mexique, un séquoia géant, le patio, le disque, plus de trois mètres de haut, une réplique de la Pierre du Soleil, en basalte d'olivine, découverte lors du pavage de la place du Zocalo en 1790. De loin, on ne voit pas les inscriptions, des dieux, des légendes, des calendriers aztèques, en huit cercles concentriques qui forment des couronnes. Enfin, le Collège franco-britannique est le seul exemple de maison bilatérale, à moins que je n'aie raté un autre exemple, puisque j'ai raté l'Iran, la Suisse, la Tunisie, l'Inde, le Liban, l'Arménie, dans le désordre. Aucun doute que ce collège est d'outre-Manche, inspiré par les collèges britanniques, avec ses bow-windows et ses souches de cheminées. Le plus amusant est qu'il a été bâti par les architectes qui avaient édifié la Maison des étudiants de l'Asie du Sud-Est. La boucle est bouclée. Il ne reste plus qu'à remonter vers la cour d'honneur et passer devant la boîte aux lettres de la poste.

Un tour d'adieu à moto

Le tour de la zone est sur le point de se terminer. Comme à la fin d'un voyage, j'ai envie de suspendre le temps. Alors je le refais, à moto, la nuit, dans l'autre sens, juste les boulevards des maréchaux.

Pourquoi ? Pour les variations, la nuit le jour, le sens des aiguilles d'une montre ou l'inverse, pour des réminiscences, pour des contrastes entre l'été et l'hiver, pour un repentir, pour des surprises, pour des nouveautés. À mon départ, le 184 qui part de la porte d'Italie et longe la Bièvre jusqu'à Fresnes n'était qu'un numéro. Depuis, je sais qu'il dessert l'arrêt Carrefour des Poulets au coin de la rue Bronzac à L'Haÿ-les-Roses.

A priori, ce serait bien d'avoir une note par chapitre, sans me forcer ni m'interdire qu'il y en ait deux.

À tout hasard, je guette les palmiers de Lavier, au cas où le mécanisme aléatoire se déclencherait en nocturne, mais je n'ai pas la chance d'assister à leur réapparition. En revanche, c'est soir de match à Charléty et la puissance des projecteurs éblouit le ciel. De ma moto, je me rends compte que l'assistance est maigre et je remets les gaz.

Les fenêtres éclairées des maisons de la Cité internationale révèlent, surtout chez les Nordiques, un pan de leur intimité. Les plaques d'inox de Tchaïkovski brillent de mille feux bleu sombre et gris dignes d'un décor du *Lac des cygnes* au théâtre de l'Ermitage. Un limonadier balaie le trottoir devant son estaminet. Sous le regard de Jean Moulin, le café L'impératif fait face à une boutique de pompes funèbres. Le monde n'est pas si mal fait.

Le feu rouge de la porte Brancion tombe à pic. Personne ne traverse le boulevard pour autant et plus grand monde ne se souvient de la pompe à essence ni de la queue le dimanche à la pâtisserie Laverton. Le ballon du Garigliano devrait être vert si l'air n'est pas pollué, ou rouge s'il l'est. Il est blanc comme le jour où nous y sommes passés à 17 h 17. Mais la vue de nuit est incroyable, en aval comme en amont, et j'arrête la moto sur la voie réservée aux autobus pour contempler le spectacle. À la sortie, je vais tout droit, par le boulevard Exelmans qui opère la jonction entre le pont et le boulevard Suchet. Autrefois, le viaduc du Point-du-Jour lui donnait de la hauteur, il a été détruit. Exelmans fut un brillant général de Napoléon, loyal après la défaite et l'exil, fidèle à sa mémoire, fait maréchal par Napoléon III.

Le 16e arrondissement, plus exactement le ruban de la zone qui correspond au 16e arrondissement, est encore plus vide la nuit que le jour. Zéro commerce, on le voit mieux. Par moments, j'ai l'impression de rouler sur une route de campagne, entre deux rangées d'arbres. Les petits carreaux de faïence blancs défilent à toute vitesse dans le tunnel sous la porte Dauphine. Et franchement, la porte Maillot retrouve quelque lustre. Mais la frontière entre le 16e et le 17e est violente ; dès qu'on arrive dans l'axe du boulevard Gouvion-Saint-Cyr, la pauvreté reprend ses droits.

J'attendais beaucoup du tribunal de grande instance, j'ai été déçu, je ne devais pas me présenter sous le meilleur angle. Cependant, j'ai pu observer et je peux témoigner que, malgré des samedis et des samedis de gilets jaunes, les cœurs bleu azur gentiment peints sur la pancarte Direction Centrale Police Judiciaire n'ont pas été raturés. Repassant devant l'École nationale de commerce, j'en profite pour signaler que Bashung y a préparé un BTS de comptabilité. Ce cursus ne le destinait pas forcément à chanter les cerises de sa *Vénus* aussi crépusculaire que magique, mais on entend bien que la comptabilité mène à tout.

À la porte de Saint-Ouen, deux Roms traînent des caddies, le premier rempli de packs d'eau, le deuxième de cartons. Cendrars, le plus doué, même si on s'en moque, qu'il soit doué, les a chantés sans fard dans ses *Rhapsodies gitanes* qui font la moitié de *L'Homme foudroyé*, et qui décrivent les Ceintures, la Grande et la Petite, comme une « couronne d'épines à double tortil posée sur la grâce émaciée de Paris » et qu'on devrait lire, sinon étudier, à l'école. Il dresse le portrait extraordinaire d'un homme extraordinaire, et peu recommandable, le père François, qui possède un terrain en bordure de la zone de Saint-Ouen, un « ruban coincé entre les terrains militaires et le derrière d'une quinzaine de pavillons qui faisaient partie du lotissement du Ratodrome ». À travers lui, il étend ce portrait au portrait d'une foule, de la misère, d'un exode. Il faudrait citer des pages et des pages. Alors autant le lire.

Les vides et les pleins de la porte de la Chapelle sont encore plus impressionnants la nuit que le jour. LIFE IS GOOD veille sur nous, la fatalité sur les démunis, regroupés le long des Fillettes, comme en dehors du temps. Parmi eux, une femme noire d'une quarantaine d'années lance ce qui ressemble à une imprécation. Le temps de m'en remettre, je suis rattrapé par le tramway, alors j'accélère un peu, je roule à côté du tramway, je suis assis à côté des types qui sont assis sur leur siège, c'est amusant comme tout. Après la porte d'Aubervilliers, j'aurais l'impression de rouler à côté d'un train, à peine plus loin, les passagers figés et silencieux comme dans un tableau de Hopper.

Faute de concert ce soir, la Cité de la Musique est vide. L'église Sainte-Claire en profite pour briller comme une enseigne. Statistiquement, il y a au moins un enfant sur le point de naître à la maternité Robert-Debré, mais la boutique de poussettes, berceaux, biberons, etc., dont le bail était à céder, a été remplacée par un Kiloutou. Depuis le départ, j'ai l'idée de faire une pause à la porte des Lilas, pour les lilas et pour boire un café au café Le Clairon. Mais il est déjà fermé.

Passer devant les Archives me laisse cette fois-ci une pointe d'amertume à cause de l'avis de décès de Brigitte Lainé. J'ai mesuré où vont se nicher la mesquinerie et la lâcheté. Conservatrice en chef, elle fut sanctionnée pour avoir témoigné au procès intenté par Maurice Papon à l'historien Jean-Luc Einaudi sur « le massacre » d'Algériens perpétré par la police nationale à Paris la nuit du 17 octobre 1961, parce que les documents qu'elle avait vus, de ses yeux vus, le lui commandaient. Brimée par sa hiérarchie, privée de ses droits, le dossier sur lequel elle travaillait transféré dans le dépôt insalubre des pompes funèbres, elle essuya même le refus du maire de Paris, Delanoë, d'appliquer le jugement du tribunal administratif qui donnait raison à sa plainte. Le plus triste est que l'avis de décès publié par les Archives ne lui rendait même pas justice.

Vers la porte de Montreuil, ce n'est plus moi qui roule à côté du tramway, mais une moto qui roule à ma hauteur. Le type a l'air bizarre, il scrute mon visage derrière le casque, jette un regard interloqué à ma passagère, je comprends qu'il s'agit sans doute d'un dealer, qui m'a pris pour celui que je ne suis pas. Il m'a semblé qu'il a souri. En tout cas, il s'est évaporé. Les prostituées aussi se sont évaporées. Là où jadis elles multipliaient les allers-retours, sur le trottoir, en plein jour, l'avenue de la Porte-de-Vincennes a perdu de sa superbe.

Soudain, la nuit s'anime. Les cafés sont ouverts, une boulangerie aussi alors qu'il est bientôt vingt-trois heures, les piétons ont un air joyeux, voire exalté inhabituel, le trafic automobile devient dense. Il doit bien y avoir une explication. À ma gauche, des lumières rouges et bleues et vertes clignotent dans le ciel, d'autres tournent, d'autres encore se balancent. FOIRE DU TRÔNE. Dès que possible, je remets les gaz. La descente vers la Seine offre un panorama urbain à l'américaine. Une grue est illuminée comme une cathédrale, mais il n'y a pas de chantier de nuit.

Ultime déception, j'avais vu une photographie des coques translucides de la « sculpture-architecture » de la porte d'Ivry, qui la rendait moins vaine, au moins sur le plan esthétique, mais il semblerait qu'il n'y ait plus de budget pour l'éclairer de l'intérieur. Je me console avec tous ces rectangles de lumière jaune très haut dans un ciel noir et avec le souvenir qu'Éric Hazan est passé par cette porte lors de sa traversée de Paris. Piéton émérite, éditeur et écrivain non moins éminent, il embrasse une déjà longue histoire qui nous réunit et il me permet de rappeler que le boulevard extérieur correspondit d'abord au mur des

Fermiers généraux, puis au mur construit à la place des fortifications et qu'il ne reçut son nom de « maréchaux » qu'au moment de la construction des boulevards périphériques. Au XVIIe siècle, boulevard s'écrivait boulevart, paraît-il, avec un « t », comme rempart ; définition : gros bastion – qui laisse entendre son origine militaire (et convient donc à la perfection à des maréchaux). Le dictionnaire précise qu'à Paris on dit « aller sur le *boulevart* de la porte St. Anthoine », avant de décliner une demi-douzaine d'hypothèses étymologiques, venues du flamand, du picard, de l'italien, de l'espagnol, de l'allemand, de la basse latinité.

Porte de Choisy, il serait temps de me poser la question qui ne m'a pas encore effleuré. Pourquoi certains maréchaux ne figurent-ils pas dans la ceinture des boulevards ? Bernadotte fait partie de la première promotion et, s'il est devenu roi de Suède, son collègue Murat avait bien été couronné roi de Naples ; la différence entre eux, c'est que Bernadotte s'est allié au tsar. Augereau appartient à la même promotion ; il a été rayé de la liste par Napoléon lui-même en 1814 pour ses diverses défections. Marmont, lui, est le spécimen du traître à la France, négociant avec l'ennemi la reddition de son corps d'armée puis réprimant la révolution de 1830 à la tête des forces armées favorables à Charles X, ça fait beaucoup pour un seul homme. Pérignon ne fut qu'un maréchal d'appoint, devenu sénateur, trop vieux pour les grandes campagnes impériales, destitué sur le tard par Napoléon. Quant à Grouchy, le dernier à obtenir le maréchalat, deux mois avant Waterloo, où il ne brilla pas, c'est un euphémisme, plutôt que de venir appuyer le 1er et le 2e corps d'armée il préféra prendre le temps de déguster des fraises en dessert. En revanche, Oudinot pour ses trente-deux blessures reçues et Moncey, destitué par Louis XVIII pour avoir refusé de présider le conseil de guerre chargé de condamner Ney, l'eussent amplement justifié.

Avant d'en finir, j'ai droit à un dernier dernier tour. Je l'effectue en satellite, par la grâce de Google Maps. Il suffit de poster le bonhomme jaune sur le boulevard, n'importe où, et de cliquer deux fois sur le signe moins. On s'offre ainsi une ascension instantanée, un spectacle assez vertigineux qui nous donne un point de vue inhabituel et très détaillé, qui nous donne aussi du plaisir et, bien entendu, des regrets.

Retour à la porte d'Italie

Une fin d'après-midi estivale, je remonte les derniers hectomètres du boulevard Kellermann que j'ai gardés en réserve. Il fait chaud, les feuilles des peupliers tremblent à peine.

Par scrupule, je repars du jardin de la Poterne-des-Peupliers où les rails de la Petite Ceinture font partie du décor au même titre que les cèdres bleus. Aux transatlantiques en bois, les usagers du jardin préfèrent les bons vieux bancs. Avant de déterminer mon itinéraire, je m'assieds sur un d'entre eux à côté de deux dames plongées, chacune, dans une activité distrayante et, avec le bic noir que m'a offert un épicier de la porte Dorée le dimanche où le mien était tombé en rade, je m'apprête à noter le nombre de transatlantiques sur une des deux feuilles de papier pliées en quatre que j'emporte pour chaque étape.

Bonjour ça va ? J'ai la surprise d'entendre Bonjour ça va ! Ce n'est ni la dame en boubou qui fabrique un cache-pot en perles bleues et blanches, ni la dame en survêtement qui lit un livre. Un grand gaillard salue la dame en boubou qu'il connaît et, comme il est d'une politesse qu'on ne rencontre pas tous les jours, il salue la dame en survêtement, qu'il ne connaît pas, et moi. Et le plus beau est qu'il nous serre la main avec un naturel confondant. Il donne de ses nouvelles à la dame en boubou, il dit qu'il a du travail, que c'est une chance, et que son cousin Abdou travaille comme un Chinois, tout le monde comprend qu'Abdou a moins de chance. En même temps, il prodigue des conseils de prudence à son fils de cinq ans qui roule à tombeau ouvert sur une moto en plastique rutilante. Reprenant le cours de son propos, il conclut par un catégorique moins-on-se-voit-mieux-c'est. Son affirmation et l'approbation de la dame en boubou sont les prolégomènes à un grand débat philosophique où la dame en survêtement jure que plus-on-se-voit-mieux-c'est, oui, ça fait plaisir, l'être humain n'est pas fait pour rester seul. Les autres n'en démordent pas. Moi je me contente d'écouter et j'attends que la controverse ait pris fin pour me lever et leur dire au revoir.

Au passage, je jette un œil paresseux sur la dernière rue qui vient du cœur de la ville. Étrangement, elle est parallèle au boulevard Kellermann, en surplomb. On ne le voit pas du boulevard mais il suffit de regarder un plan pour suivre son tracé et de lire la plaque avec son chapeau en demi-lune, autrefois légèrement bombé, les lettres blanches du nom sur le fond émaillé bleu cobalt. C'est donc la RUE du

COLONEL DOMINÉ, 1848-1921, un HÉROS DE L'EXPÉDITION AU TONKIN, honoré aux portes de ce qui deviendra le quartier chinois. Marc Edmond Dominé était un fils de coiffeur, entré dans les zouaves, sorti colonel, renommé si on peut dire pour son fait d'armes majeur, la résistance lors du siège de Tuyên Quang, où fut blessé à mort le sergent Bobillot qui dispose, lui, d'une rue plus large et plus fréquentée arrivant place d'Italie. Accessoirement, on peut noter que son casoar – le shako à plumet rouge et blanc – est exposé dans la vitrine du musée de la Légion étrangère.

De l'autre côté de la ligne de tramway, je salue le dernier ensemble HBM en brique rouge dont l'entrée, rue Keufer, est le prétexte à une dernière *vita brevis*. Auguste Keufer est né à Sainte-Marie-aux-Mines qui doit son nom aux filons de plomb argentifère affleurant dans le gneiss vosgien ; orphelin, typographe, syndiqué, membre fondateur de la CGT, autodidacte, adepte des universités populaires, président du Cercle des prolétaires positivistes, secrétaire général de la Fédération du Livre pendant quatre décennies, il vécut le même nombre d'années que le colonel Dominé et il reçut des funérailles grandioses, à sa mesure.

Les habitants des HBM ont une vue plongeante sur le jardin du Monument-aux-Mères-Françaises. Un mail succinct de tilleuls mène au monument, c'est ce qu'il y a de plus beau dans le jardin et de loin, du moins à mon goût. Pour autant, je ne qualifierais pas le monument de « stalinien » comme j'ai pu le lire, alors que l'architecte a laissé un nom dans l'histoire de l'art par ses maquettes de Rome en plâtre, ses monuments aux morts de la Grande Guerre et le style mi-toscan, mi-mauresque de la bibliothèque Doucet. Lors de son inauguration, à la veille de la Seconde Guerre, une manifestation de femmes réclamant le droit de vote fut dispersée par la police. Puis le régime de Vichy y célébra la fête des mères qu'il avait sanctifiée. Pour cette raison, le jardin a longtemps été boudé, fermé, sauf le jour de la fête des mères, et on songerait à modifier son nom. Cette après-midi, je n'y vois pas de mère française ni étrangère, juste un jardinier un sécateur à la main. En avançant un peu, je me rends compte toutefois que le jardinier est une femme.

Plein sud, la vue plonge sur la rue Max-Jacob. Si la crèche collective municipale attire davantage les mères – et les pères – que le monument, et si les travaux de restructuration requièrent de garder les trois marronniers attenants, elle reste à l'ombre mauvaise de Vichy. La plaque de la rue précise Max Jacob, « romancier, poète et peintre ». Étrangement, c'est passer sous silence la fin de l'histoire qui le résume pourtant tout entier, juif laïc devenu catholique, priant tous les jours, une liste pour les morts une liste pour les vivants, ami de Jean Moulin qui ne choisit pas par hasard Max pour pseudonyme, résistant qui chantonnait j'suis l'bouquet, j'suis l'bouquet, j'suis le bouc émissaire, arrêté par la Gestapo, transféré au camp de Drancy tenu par les gendarmes français, mourant d'une pneumonie à la veille de son transfert à Auschwitz. Et je n'ose pas demander aux parents qui courent vers l'école maternelle ou l'école primaire ou qui prennent le temps d'ouvrir un paquet de gaufrettes, s'ils l'ont lu. Ou si, un soir à table, leur enfant leur a récité tout à trac :

Et à Paris papa chéri
[...]
Je te donne pour ta fête
Un chapeau noisette
Un petit sac en satin
Pour le tenir à la main
Un parasol en soie blanche...

et c'est toujours un peu dimanche rue Max-Jacob où j'ai vu mon alter ego donner la main à une petite fille en souliers orange.

Un très grand parc borde la rue. On y trouve la mémoire de la Bièvre, un semblant de rivière, une cascade, un étang, des poissons rouges, une ferme pédagogique, des chèvres naines et des dindons, un jardin à la française, des agrès, un terrain de foot, deux toilettes, trois tables de ping-pong en ciment, une buvette, un point wifi. On peut entrer par la rue Max-Jacob et ressortir sur le boulevard Kellermann, quasiment à hauteur de la porte d'Italie. Là, une surprise m'attend : les rochers dans le ciel, qu'une espèce d'évidence rendait légers, et qui avaient disparu de la place Fahrat-Hached, ont réapparu. J'en compte cinq.

Le square Robert-Bajac fait pendant au square Hélène-Boucher. Bajac est également un aviateur, mort en inaugurant une liaison postale de nuit, vers Londres. Son square est moins soigné, sans bruyères ni rosiers, mais doté d'une espèce de grande assiette inclinée, de trois mètres de haut, où était dessinée une mappemonde qui a été remplacée par des cercles concentriques noirs et blancs, une œuvre d'art destinée aux *skateboards* et aux *rollers*. À cette heure-ci, seul un jeune garçon sur un vélo *free style* enchaîne les acrobaties.

Au fond du square, on tombe sur un autre square qui n'est que l'allée d'une cité qui fut moderne à la fin des années cinquante et qui porte le nom de Rosny-Aîné. Mais pourquoi seulement l'aîné, même s'il a pour lui d'être plus célèbre que son cadet bien qu'ils aient écrit et signé leurs livres longtemps ensemble, pourquoi pas les deux frères ? La Mairie a déjà fait le coup dans le 20e arrondissement avec les frères Lumière, le cadet plutôt que l'aîné cette fois, on l'a vu. À l'inverse, on l'a vu aussi, elle a eu le bon goût de garder les deux frères Parodi à la porte Maillot et les frères Voisin dans le 15e.

À l'angle de l'avenue d'Italie, le café Le Liberté fait face au café Le Masséna. Son nom garde peut-être le souvenir du passage des républicains espagnols appartenant à la Nueve de la 2e DB du maréchal

Leclerc qui furent les premiers à entrer dans Paris pour le libérer.

Parce qu'il fait chaud et pour fêter la fin de mon vagabondage, je vais boire un verre au café. Lequel ? Le Liberté ou Le Masséna, Le Liberté en mémoire de la Nueve ou Le Masséna parce que j'ai commencé ce tour et ce livre par lui ? Je n'ai qu'à tirer à pile ou face. Mais finalement je décide de me payer deux verres, un premier au Liberté, un second au Masséna. Je m'assieds en terrasse. Depuis le début de la balade, j'ai en tête la tentative d'épuisement d'un lieu que Perec s'était ingénié à décrire, la place Saint-Sulpice. La porte d'Italie est moins bien achalandée mais Perec nous a prévenus, ce n'est pas l'église ni l'hôtel des finances ni même le commissariat de police qui l'intéressent, ce sont les gens, les voitures et les nuages, et de ce point de vue-là, porte d'Italie, nous n'avons rien à lui envier. Alors j'ouvre les yeux, sans revenir trois jours de suite, parce que, somme toute, qu'est-ce qu'on épuiserait de plus ?

Un long nuage mauve se désagrège au-dessus du Kremlin-Bicêtre, une moto verte s'arrête devant la crêperie, une femme en robe verte descend du tramway, etc. Avec le tramway, je retrouve Gracq et nos cœurs de mortels. Ils n'ont pas trop vieilli, ou si. Gracq évoquait « un lacis de parcours très généralement articulés autour de quelques axes directeurs », réduisant les mouvements entre le centre et la périphérie à des oscillations pendulaires, évoquant un fil d'Ariane qui suppose un labyrinthe, laissant à distance les marges des « pérégrinations excentriques ». Ici j'aurais tenté de faire de la périphérie le centre, sinon le cœur, qui bat, de cette ville où je suis né et où j'aurai vécu. J'ai avancé au cordeau, le geste minutieux, trop peut-être, par segments, dans une zone qui servit un temps de jardins maraîchers, un autre à faire semblant de se protéger contre des invasions barbares, un autre encore à parquer les pauvres, ceux qui ne traîneront pas leurs guêtres ni leurs baskets, ou si peu souvent, dans les beaux quartiers, un espace qui se transforme par pièces depuis le début du siècle. Je n'ai plus qu'à mettre un terme à ce périple, à rentrer chez moi, deux kilomètres tout juste et tout droit, à me décider pour le trottoir de droite ou le trottoir de gauche, va pour la droite, il y a les dernières flaques de soleil. Deux adolescents traversent le boulevard en riant pour une raison dont on ne saura rien. Je croise encore une femme d'une cinquantaine d'années, belle, mais usée, qui me tend un papier où je lis l'adresse d'un foyer, je vois le boiteux au feu rouge qui remonte la file des voitures un gobelet à la main, la tête dans ses pompes, plein de misère, j'entends un refrain de rap qui vient d'une bagnole aux fenêtres grandes ouvertes. Et je remonte l'avenue d'Italie jusqu'au premier fleuriste où j'achète pour mon amoureuse, qui aura fait tout ce tour des maréchaux avec moi, un joli bouquet à trois francs six sous.

Du même auteur *(suite)*

Récits de voyage

Petit voyage d'Alma-Ata à Achkhabad, Seuil, 2003
Evviva l'Italia, Panama, 2007
Portugal, François Bourin éditeur, 2013
Hourra l'Oural, Paulson, 2020

Essais

L'Humanité (1904-2004), Seuil, 2004
Des nuages, Seuil, 2006
Marathon(s), Seuil, 2011
Petite philosophie du vélo, Flammarion, 2014
Le Dernier Tableau, Seuil, 2017
Petite philosophie du ballon, Flammarion, 2018
Éphémère, Stock, 2020

Anthologie

C'est tout comme, Flammarion, 1995

NORD COMPO
multimédia

Composition et mise en pages
Nord Compo à Villeneuve-d'Ascq

CET OUVRAGE
A ÉTÉ ACHEVÉ D'IMPRIMER
SUR ROTO-PAGE
PAR L'IMPRIMERIE FLOCH
À MAYENNE EN JANVIER 2021

N° d'édition : L.01ELJN000941.N001. N° d'impression : 97556
Dépôt légal : février 2021
Imprimé en France